KB103059

**일러두기**

- 책은 겹낫표 『 』, 영화는 겹꺽쇠 《 》, 잡지와 음반과 프로그램은 홑꺽쇠인 〈 〉로
  표기했습니다.
- 저자 고유의 글맛을 살리기 위해 표기는 각 저자 고유의 스타일을 따릅니다.

쓰고 싶다
쓰고 싶지
않다

유산

022

이런 나의 생각이 문제다.
쉬운 것은 인정하지 않는 생각.
어려운 것만 진짜라고 여기는 생각.
결핍과 고통에서 빚어진 게 아닌 글들은
가치 없다고 여기는 생각.

# 내일은 내일의 우아함이
# 천박함을 가려줄 테니

## 전고운

인생은 늘 이렇게 오락가락이다.

어떤 날엔 그 어떤 난리를 쳐도 단 한 글자도 쓰지 못하겠다가,
어느 날엔 책 한 권 분량을 뚝딱 써냈다가.
언젠가는 죽도록 쓰고 싶었다가
또 어떤 날엔 죽을 만큼 쓰기 싫었다가.

048 ———————————

# 어느 에세이스트의 최후

이석원

쓰지 않은 글을 쓴 글보다 사랑하기는 쉽다.
쓰지 않은 글은 아직 아무것도 망치지 않았기 때문이다.

074

쓰지 않은 글은
아직 아무것도 망치지 않았다

이다혜

'너에게는 과분하다 생각하는 그 자리에 생각 없이 앉아
아무것도 안 하면서 으스대기만 하는
어떤 배 나온 아저씨를 떠올려라.'

이 글을 읽고 나서는
'그래, 까짓것. 이 세상에 쓸모 있는 것만 존재하는 것도 이상하지'
하고 좀 더 단순하고 용감하게 생각하게 되었다.

094

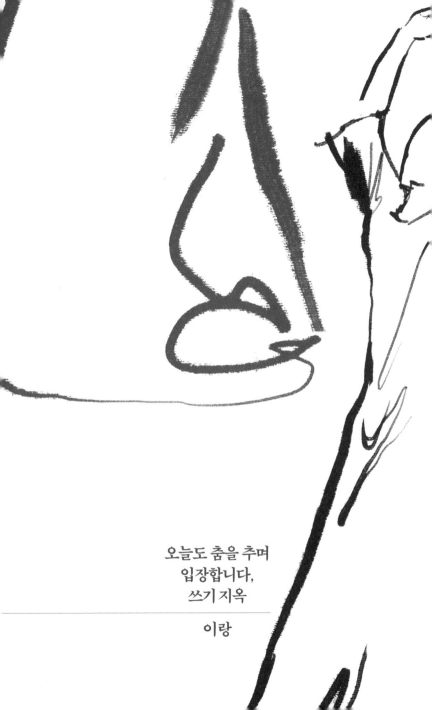

오늘도 춤을 추며
입장합니다,
쓰기 지옥

이랑

118

누군가의 마음을 녹이기 위해 내가 쓸 수 있는 글은 반성문,
그리고 절절한 러브레터 둘뿐이었고,
이것만큼은 종종 쓰고 싶다는 생각을 한다.

# 쓰고 싶지 않은
# 서른두 가지 이유

박정민

나는 가장 쓰고 싶지 않은 순간을
쓰고 싶은 순간으로 만들기 위해 노력하고,
허구 속으로 달려간다.

# 142

꾸며진 이야기

김종관

내게 창작은 무리하기와 마무리하기다.
잘 쓰지 못할까 봐, 인정받지 못할 거라는 두려움에
쓰기를 미루는 나를 채찍질하며 에너지를 무리하게 소진하고
거기서 오는 불안을 에너지 삼아 결국 마무리해 내는 것.

168

# 무리하기, ⁽마⁾무리하기

백세희

뭔가 결정적인 순간 같은 것은 오지 않았는데 쓸 수밖에 없었다.
내가 그것 말고는 할 줄 아는 게 없는 사람이라 그랬다.
결국 나는 소설을 쓰기 위해 인생 최초로 인생 개조를 하기 시작한다.

192 ────────────

쓰는 사람이 되기까지

한은형

한때 영화를 사랑했던 내 주변의 거의 모든 사람들이
이제 영화는 끝났다고 말한다.
그렇게 말하며 고소해한다. 정말 그렇게 되길 바라는 사람들 같다.
하지만 나는 아직 영화와 제대로 된 사랑을 시작하지도 못했다.

216 —

비극의 영웅

임대형

전 고 운

영화감독, 시나리오 쓰는 사람.
《소공녀》《페르소나》등을 만들었다.

●

이런 나의 생각이 문제다.

쉬운 것은 인정하지 않는 생각.

어려운 것만 진짜라고 여기는 생각.

결핍과 고통에서 빚어진 게 아닌 글들은

가치 없다고 여기는 생각.

## 내일은 내일의 우아함이
## 천박함을 가려줄 테니

어제는 많이 울고 많이 마셨다. 심지어 울면서 마시면서 짜디짠 라면도 부숴 먹었다. 나를 부숴버릴 순 없고, 현실적으로 부숴버릴 수 있는 게 라면밖에 없으니까. 왜 울었는지는 중요하지 않다. 어제는 지나갔고, 세상에 울 일은 널렸으니까. 짜디짠 눈물과 생라면 덕에 눈은 누가 때린 것처럼 부어 있고, 알코올에 절여진 몸은 콘크리트로 변한 듯 무거웠다. 안 돼. 이렇게 아침부터 무너질 순 없어.

작업실을 정리하고 칩거 생활을 하고 있는 요즘은 아침이 가장 중요하다. 운칠기삼보다 기칠운삼을 믿는 나는 아침에 기세가 좋아야 그나마 하루의 운을 기대해 볼 수 있기 때문이다. 차에 기름을 넣어주듯 나의 원동력을 만들어주는 의식을 치러야만 한다. 그 의식이 우아해서 조금 부끄럽지만 괜찮다. 아침만 그러하니까. '아침은 우아하게, 밤은 천박하게.' 나에게는 둘 다 중요한 가치다.

의식의 첫 행위는 라흐마니노프의 음악을 트는 것이다. 왜 라흐마니노프냐고 묻는다면 정서를 선동하지 않는 솔직한 연주라 느끼기 때문이다. 바흐나 에릭 사티, 드뷔시도 좋아하지만 그들의 음악은 정서를 안정적으로 조장해서 우아함을 클리셰로 경직되게 하는 느낌을 준다. 치과나 카페에 온 듯한 느낌 금물, 클리셰는 더더욱 금물. 심오하고 깊이 있는 테크니션인 라흐마니노프의 손을 잡고 일어나서 부엌으로 가 주전자에 물을 끓인다. 물이 끓는 동안 간단한 집안 정리를 하고, 차를 고른다. 차는 대부분 고향 집에서 얻어 온 것들인데, 현재는 재스민차, 뽕잎차, 보이차가 있다. 엄마가 절에 다니시면서 스님들이 마시는 차를 얻어 오시고, 그 차의 대부분을 나에게 주신다. 그러다 보니 나 역시 스님들과 비슷한 차 취향을 갖게 되었다. 아침에는 맑은 녹차를 마시는 것을 선호하지만 현재는 없으므로 저 셋 중 하나를 마신다.

늘 녹차를 그리워하며 재스민차를 마시는 이마저 메타포

로 다가온다. A를 원하지만 B에 머무는 삶. 늘 무엇인가를 그리워하며 대체재로 만족하는 현실.

하지만 무엇을 마시냐보다 마시는 행위 자체가 더 중요할 때가 많은 게 삶이니까 그냥 마신다. 물론 직접 녹차를 사서 마시는 방법도 있지만, 그럼 이 차들은 소외되고 잊혀지다가 결국 버려지게 될 텐데 그럴 수는 없다. 지금은 말라 비틀어져 있지만, 한때는 햇빛을 듬뿍 받아 싱그러움을 뿜내던 연하고 푸른 잎들을 버릴 순 없는 일이다. 그들의 젊음을 존중하는 태도가 나의 취향보다 중요한 일이다. 아마 스님들도 녹차를 가장 좋아하시기에 나에게까지 수급되지 못하는 게 아닐까 하는 합리적 추론을 해본다. 녹차는 좋겠다. 인기 많아서. 재스민차를 우려서 컵에 담으면 이제 마지막 의식을 치른다. 책장 앞에서 책 고르기. 오늘의 책을 고르는 이 시간이 하루 중 가장 설레는 시간이다. 신간 소설, 읽었던 고전 소설, 인문학 서적 등 내 몸과 정신의 상태가 현재 가장 읽고 싶어 하는 책을 고른다. 오늘의 책은 밀란 쿤데라의 『우스운 사랑들』. 밀란 쿤데라를 좋아하기도 하고, 지금 당장 입 밖에 뱉고 싶은 말이기 때문에 골랐다. 그러고는 한 시

간은 마음껏 책을 읽는다.

실은 이 의식들을 치르는 가장 큰 이유는 스마트폰을 보지 않기 위해서다. 아침에 일어나 습관적으로 보는 폰으로부터 흡수되는 무차별적인 정보의 과잉은 뇌를 멍청하게 만든다는 이야기를 어디선가 들었고, 깊이 공감했기 때문이다. 내 사고의 근육이 없어진 것이 무차별적인 인스턴트 정보의 폭식 때문일 수 있다. 사람들은 무엇을 하기 위해 움직일 때도 있지만, 하지 않기 위해 움직일 때도 많다. 나이의 숫자가 늘어날수록 후자가 많아지는 것 같아 찝찝하다. 원래도 많이 가진 것도 아니었던 자유를 더 잃어가는 것 같아서.

어릴 때는 해야 할 것이 많았는데, 나이가 들수록 하지 말아야 할 것들까지 같이 많아지는 건 억울하다. 억울해졌으므로 자유시간을 꺼내 먹는다. 자유를 몸에 넣고 싶은데 방법을 모르겠을 때, 나는 자유시간을 먹는다. 활자만큼 손쉬운 대체재도 없으므로.

이렇게 우아한 아침 의식을 다 치르면 점심시간이 된다. 이제 글을 써야 하는 시간. 나라는 회사의 사장도 나, 직원도

나. 좋은 사장이 되어야 하고 좋은 직원도 되어야 한다. 직원이여. 이제 다시 천박해질 시간이다.

두려워하지 말라. 내일은 내일의 우아함이 그 천박함을 가려줄 테니.

◆◆◆

새해가 됐고, 딱 두 가지 목표만 세웠다. 잠에서 깨면 30분 요가 하기, 그리고 무조건 많이 쓰기. 그게 편지든 일기든 시나리오든 반성문이든 많이 쓰고 볼 것.

세부 계획은 이러했다. 7시에 일어난다. 유튜브에 살고 계신 요가 선생님의 영상과 함께 요가를 30분 하고, 해낸 보상으로 다시 누워 30분간 카드 게임을 한 후, 씻고 준비 후 9시에 집을 출발. 10시에 동료와 만나 아이디어 회의를 시작한다. 10시에서 3시까지 함께 회의를 하고, 그 이후에는 상암에 있는 작업실로 이동 후 지쳐 쓰러질 때까지 글 쓰는 기계가 되는 계획. 누가 봐도 너 참 열심히 사는구나 싶은 계획 자체는 훌륭했으나, 실행에 있어 치명적인 문제가 있었다는 사실을 이틀 만에 발견했다. 이 계획을 실행시켜줄 가장 중요한 요소를 간과했기 때문이었는데, 그것은 바로 나의 형편없는 체력이었다. 정신력이면 다 될 줄 알았는데, 정신력 위에 체력이 있다는 사실을 깨닫는 데는 이틀도 안 걸렸다.

일단 10시까지의 계획은 잘 이행됐다. 문제는 동료를 만나는 10시부터 발생했다. 서로를 바라본다. 신선한 아이디어를 뿜어내야 하는 나의 뇌에 안개가 낀 것처럼 뿌옇다. 상대의 뇌도 보인다. 그의 뇌도 뿌옇다. 누구 한 명만이 아니라 공평하게 둘 다 뿌예서 다행인 건지 불행인 건지 모르겠지만, 일단은 서로의 뿌연 뇌를 숨기기 위해 지금 한창 다루고 있는 캐릭터에 관련된 양 잡담을 하나씩 늘어놓는다. 가령 캐릭터에 도움이 되는 이야기일 거라고 MBTI 이야기를 꺼낸다. 그러다 서로의 MBTI가 동일하다는 사실에 소스라치게 놀라며(전혀 소스라칠 정도로 놀랄 일이 아님에도) 그 부류에 대한 이야기를 꺼내고 우리가 그래서 비슷하다고 호들갑을 떤다.(호들갑 떨 일은 더더욱 아님에도.) 실은 서로가 같은 부류의 인간이라 진도가 안 나가는 게 아닐까 걱정되는데, 그 말은 사기를 저하시키므로 속으로만 생각하기로 한다.

그렇게 두 시간을 졸음과 잡담과 아이디어 사이를 오가며 허우적대다 보면 점심시간이 된다. 그럼 메뉴를 고르느라 30분을 쓰다 식사를 한다. 아무리 졸리다가도 밥을 먹을 때는 절대 졸리지 않고, 밥을 먹고 돌아와 앉는 순간 다시 바로 졸린다. 아, 천재성이 졸음한테 다 갔구나.

오늘도 망했다는 사실을 깨달았지만, 어떻게든 이야기를 발전시켜야 된다는 의무감으로 아무 말 대잔치가 시작된다. 문제는 발전에 대한 압박으로 인하여 그 아무 말들을 되게 진지한 표정으로 서로 주고받고 있다는 것이다. 어떤 이야기라도 진지한 얼굴로 해야 회의를 하는 것 같으니까. 나랑 MBTI가 같은 동료도 같은 것을 느끼고 있는 듯하지만, 우리는 그 진흙 같은 말들 속에 혹시나 진주가 있을까 싶어 진지하게 그 모든 진흙들을 모은다. 그럼 우리의 이야기는 무덤같이 거대하고 더러운 덩어리가 되어 있는데, 다행히 그때쯤 퇴근 시간이 된다. 그럼 우린 그 거대한 똥 같은 덩어리를 뒤로 하고 후다닥 퇴근한다. "내일 봅시다." 매일 오늘에 지면서 내일을 기대하는 두 INTP들. 참고로 INTP들이 모든 MBTI들 중 가장 소득이 낮다고 한다.

계획은 질을 따지는 게 아니라 이행하고 안 하고로 성공

여부를 평가하는 것이니까 이미 반은 성공한 하루라고 판단한다. 한남동에서 상암으로. 결코 짧지 않은 거리지만 간다. 왜냐하면 이번 해는 빌어먹을 수 없기 때문이다. 자, 상암에 도착하면 이동하느라 고생한 나를 위해 유튜브를 본다. 영화를 본다. 음악을 듣는다. 세 시간은 그냥 지나간다. 저녁 시간이 찾아오고 밥 먹고 다시 앉으면 졸린다. 엉덩이에 졸음을 자극하는 신경계가 많이 분포되어 있는 게 아닌지 과학적 연구가 필요한 것 같다. 상당히 합리적인 의심 아닌가? 이제는 글을 너무나 쓰고 싶은데, 쓰고 싶어 죽겠는데 계속 졸린다. 게으름을 피우고 있는 것도 아닌데 졸려서 쓸 수가 없다. 많이 쓰기는 고사하고 아예 글을 쓸 수가 없다는 사실이 충격적이다. 작년에는 내가 게을러서 쓸 수 없었는지 알았는데, 부지런해도 쓸 수 없다니. 이런 반전이 여기 있을 줄이야.

눈물이 멈추지 않는다. 왜냐하면 마감은 임박했는데, 아무 생각이 없어서 화면만 보다가 하품을 너무 많이 했기 때문이다. 이제 슬프거나 화가 나서 우는 횟수보다 하품을 해서 우는 횟수가 더 많아졌다. 35살 이후로 여성 호르몬이 줄

어든다고 하던데, 그 영향도 있는 것인가. 아니면 여성 호르몬이 줄어든 만큼, 엉덩이에 졸음 자극 신경계 분포는 늘어나는 건 아닐까? 잃는 게 있으면 얻는 게 있다는데, 그 진리는 결국에는 다 잃고 마는 거대 메커니즘 속의 소전제일 뿐인 것 같다.

영화 한 편 찍고 이렇게까지 멍청해질 줄 미리 알았다면 복수 전공을 했을 텐데. 그때도 게으름이 문제였을까 아니면 판단력이 문제였을까.

굳이 답을 내자면 자꾸 문제만 묻는 게 문제다.

...

문밖의 청소 소리에 눈을 떴다. 아침 7시 반. 어젯밤만 해도 텅 빈 이 건물에 나밖에 없었는데, 밖에서 사람 소리가 들려오니 반가움에 눈이 떠졌다. 어제는 사무실에서 잤다. 일 년 동안 여기서 지냈지만, 잠을 자기는 처음이었다. 마감 일주일 전에야 마음을 다잡고 엉덩이와의 싸움을 시작하며 할당량의 반에 반도 쓰지 못했기 때문에 셀프 감금을 강행했다. 양말을 벗고, 얇은 담요를 덮고 빈백에 누워 과연 내가 잠을 잘 수 있을까 걱정했지만, 걱정이 무안할 정도로 바로 잠이 들었다. 역시 나는 작은 범주에서는 스스로를 과소평가하고 큰 범주에서는 과대평가하는 게 문제다. 극과 극의 평가로 어느 조각도 객관화가 되지 않기 때문에 마감날까지 아무것도 해내지 못하는 과오를 반복하는 것 같다.

눈만 뜨고 누운 채 허연 천장을 보는데 행복했다. 내가 작업실에서 잠을 자다니! 이부자리가 없는 곳에서 되는대로 누워서 잠을 청할 수 있는 혈기가 아직 남아 있다니. 젊음 국가 고시를 통과해 아직 젊다는 자격증을 발급받은 느낌이었다. 이 자격증 하나면 뭐든지 다 할 수 있다. 이 기세를 몰아 맥모닝까지 가려 했건만 안타깝게도 내가 누워있는 이곳은 배달 지역이 아니라 했다. 아무 데서 대충 자고 눈곱 붙인 채로 맥모닝을 먹어야 젊음을 완성할 수 있는데 안타까웠다. 그리고 안타까워하는 그 짧은 틈을 타 몸에 덜 해로운 빵을 검색하는 날 보며 탄식했다. 젊음은 짧지. 너무 짧고, 너무 쉽게 가버리지.

빈백에서 잔 것치곤 허리가 멀쩡하니 아직 자격증이 유효한 것으로 치고, 간단한 스트레칭 후 책상에 앉아 좋아하는 영화를 틀었다. 모닝 영화, 이 또한 오랜만이다. 스마트폰이 없던 시절에는 눈 뜨자마자 영화 보는 게 습관이었고, 하루에 서너 편을 내리 볼 때도 많았는데, 이제는 한 편도 집중해서 보기 힘들다. 젊음… 아침부터 젊음 타령 그만해야겠다. 아침에 20분 느낀 그 젊음에 만족하자. 만족 좀 하고 살자.

나는 글이 안 써질 때 자주 꺼내어 보는 영화가 세 편 있다. 코엔 형제의 《바톤 핑크》(1991), 스파이크 존즈 감독의 《어댑테이션》(2002), 마크 포스터 감독의 《스트레인저 댄 픽션》(2006)이다. 셋 다 다른 각도에서 잘 만든 영화인데, 모두 창작의 고통에 몸부림치는 작가가 주인공이다. 오늘은 찰리 카우프만과 도널드 카우프만이 각본을 쓰고, 스파이크 존즈 감독이 연출한 《어댑테이션》을 다시 봤다. 찰리 카우프만과 스파이크 존즈 둘 다 무척 좋아하는데, 둘의 콜라보인 이 영화는 내 몸에 딱 맞춰 만들어준 맞춤옷같이 느껴지는 영화다. 첫 내레이션부터 가슴에 꽂힌다.

"이 대머리 속에 독창성이 존재할까? 내가 부정적이라 머리카락들이 도망친 걸까."

그래 이 잘난 찰리 카우프만도 얼마나 글이 안 써지고 빡이 쳤으면 이렇게 영화로 만들어냈을까. 그런 와중에도 현실과 픽션을 구조로 연결해 내는 유연함에 놀랍고, 대사는 어찌 이리 잘 쓰는지 짜증 나지만 그런 걸 다 떠나서 그냥 구구절절 공감되고 재밌어서 힘들 때마다 보고, 오늘도 본다.

영화를 보다가 사무실 내 방문을 나서니 다양한 샴푸 냄새가 어느덧 큰 사무 공간을 채우고 있었다. 어느새 출근한 사람들이 자리를 채우고 있구나. 아주머니들 청소 시간은 아침 7시 반, 제작팀의 출근 시간은 10시. 타인의 시간을 경험으로 알게 되어 기뻤다. 다들 다양한 샴푸를 쓰는구나, 우리의 개성은 샴푸로 표현하는 게 최선일지도 모른다고 생각하며 반가움을 나누고 싶었지만, 양말도 벗겨져 있고 머리도 눌려 헝클어진 나에게서는 샴푸 향조차 없기에 조용히 다시 방으로 들어왔다. 밖에 출근한 사람들은 모르겠지? 정상적인 사회생활을 위해 매일 씻는 그 청결한 행동이 얼마나 향기로운지. 얼마나 존경스러운지. 여러분 진짜 대단하다고 외치며 골든벨을 울리고 맛있는 맥모닝을 쏘고 싶지만, 그럴 용기도 돈도 없거니와 여기는 배달 불가 지역이라 안타깝다.

자, 오늘도 어제처럼 하루 한 시간에 한 장 쓰기 도전을 다시 시작해 보자. 부디 오늘은 할당량을 채워서 집에 가서 씻을 수 있기를. 내가 얼마나 실패할지 벌써부터 귀추가 주목된다.

...

글과 나 사이에 차가운 강이 흐른다. 글로 가기 위해서는 그 차가운 강을 맨몸으로 건너야 한다. 입고 있던 옷을 다 벗어두고, 신발도 벗고 헤엄쳐 가야만 글이 있는 곳으로 갈 수 있다. 결코 죽지는 않는다. 견딜 수 있을 만큼의 고통만 있을 뿐이지만, 제정신으로는 누가 그 고통을 반복하고 싶을까. 그 강을 자꾸 건너는 사람들은 현실이 그 강만큼 추운 사람들이거나 고통 자체를 즐기는 특이 체질일 것이다. 예전에 그 강을 자주 건너갔던 것은 그때는 현실이 강만큼 추워서였다. 혹은 그 추위를 견뎌서라도 얻고 싶은 게 있었기 때문에 맹목적으로 달려 들어갔다. 지금은 그때보다 춥지 않고, 얻고 싶은 게 간절하지 않으며, 그곳 말고도 갈 곳이 늘어나기도 했다. 남편이나 광화문시네마 동료들, 그리고 영화를 하며 만나 서로를 진심으로 응원하는 소수의 동지들. 내가 살기 위해 만든 나의 울타리들이 아이러니하게도 그 강을 건너지 않게 하는 방해물이 되었다. 불안함을 해소하는 도피처를 굳이 강을 건너지 않아도 될 곳에 만들어두었던 것은 나의 권리였다. 좀 더 편안해질 권리. 행복을 자주 느낄 권리.

이 말을 하기 두렵지만, 솔직히 말하자면 나는 더 이상 글을 쓰지 않아도 사는 데에 전혀 지장이 없다. 글 안 쓴다고 죽을 것 같지 않고, 오히려 쓰면 죽을 것 같다. 결핍을 무엇으로라도 채워서 성장한 내가 대견하지만, 애를 써서 만든 안정적인 삶에서 무슨 글이 나오겠는가. 굳이 글을 쓴다 한들 그 글이 무슨 힘을 가질 수 있을까.


이런 나의 생각이 문제다. 쉬운 것은 인정하지 않는 생각. 어려운 것만 진짜라고 여기는 생각. 결핍과 고통에서 빚어진 게 아닌 글들은 가치 없다고 여기는 생각. 이 생각은 언제부터라고 짐작할 수 없을 만큼 나를 지배해 왔다. 얼핏 보면 세상을 이루고 있는 요소들이 너무 쉽게만 느껴진다. 죽음을 쉽게 위로하고, 타인의 가치를 쉽게 폄하하고, 쉽게 우상화하고, 쉽게 욕한다. 쉽게 쓰일 내 글 역시도 쓰기도 전에 가치 없이 느껴지니 쓰고 싶다는 욕망은 태어나지도 못하고 사라진다. 쉬운 것에 대한 경멸 자체가 일차원적인 태도다. 들여다보면 계란말이 하나 김치찌개 하나 어느 것도 쉽게 만들어지지 않는데, 그 너머를 보지 않고 보이는 것만 보고 판단해 버리니 냉소적이게 된다. 냉소적인 태도는 모든 창작을 갉아먹는다. 냉소적이기만 했다면 그나마 좀 나았을 텐데, 나는 뜨겁기도 하고 냉소적이기도 해서 타버리거나 추위에 덜덜 떨거나 냉탕과 열탕을 왔다 갔다 하는 사이에 에너지가 증발해 버렸다. 두 상태 다 난처한데 차라리 뜨거운 게 그나마 생산적이다.

다른 관점에서 보자면 쉬운 것에 대한 혐오 자체는 아직도 세상에 대한 기대가 높다는 반증이기도 하다. 내가 사랑했던 글과 영화는 거대했기에 가까이 다가갈수록 나는 한없이 작고 초라해진다. 사람은 아무리 사랑한다 해도 자신을 작아지게 만드는 존재는 결국 피하게 된다. 연인이든 친구든 부모든. 그렇다면 본질을 바꿔야 한다. 글과 영화에 대한 거대 판타지를 없애야만 내가 살 수 있다. 계속 사랑을 하려면 사랑에 대한 판타지를 인정하고 없애야만 하는 것처럼. 어떤 존재나 가치도 절대적으로 아름다울 수 없다. 기존에 나를 동기화하던 가치관이 효력이 다하였다면 폐기하고, 새로운 가치관을 세우고 나아가야만 한다. 그렇지 않을 거라면 과감히 모든 것을 관두고 다른 일을 찾아야 한다. 내가 남들보다는 조금은 더 비범한 줄 착각한 대가를 치르는 것이다.

슬프게도 그저 평범한 나는 둘 중 하나도 못하고 멈춰 서 있다. 결국은 포기할 것을 포기하지 못해 나를 포기하고 사는 내가 정말 의미 없이 낭만적이고, 모순적이다. 결과만 볼 때 나는 아무것도 하지 않고 있지만, 이것이 결코 쉽지만은 않다.

아직은 더 시간이 필요하다. 생각할 시간이. 혹은 미련을 버릴 시간이. 그때까지는 가짜라도 쓰고 싶다. 가짜인지 진짜인지도 써봐야 알 수 있다. 왜냐하면 아직까지는 내가 가장 믿는 것은 글이기 때문이다. 도달할 수 없을지라도 그곳을 향해 사는 것 말고는 현재로서는 다른 방법을 모르겠다.

◆◆◆

빈 서울을 통과할 때 나의 생각은 붐비기 시작한다. 남편은 한창 촬영을 하고 있고, 코로나는 기승이어서 명절에 혼자라도 고향을 내려가려 했던 계획을 취소하고 서울에 남았다. 전국 각지로 빠져나간 인파들 덕에 서울은 가벼워 보였다. 그 넓은 품에 나만 안겨있는 기분이 청량도 하다. 긴 연휴에 혼자 집에만 있기에는 억울하여 개봉 영화를 조조로 보기 위해 집 근처 멀티플렉스 건물로 가는 빈 서울 시내 길은, 잊혀진 것들을 머리 구석에서 찾아 꺼내다 준다. 대차게 싸워서 절교한 친구는 지금 어떻게 살려나. 가끔은 내 생각을 할까. 나는 그 친구를 미워하지 않는데, 그 친구는 나를 미워할까. 결국은 찰나의 미운 순간이 좋았던 시간들을 전복할 수 없는데. 나한테 미친년이라고 했던 또 다른 인간의 얼굴도 떠오른다. 그 말이 사실이기도 한데 왜 그렇게 화를 냈을까. 배울 만큼 배운 인간이 오죽했으면 그런 말을 면전에다 했을까. 그땐 어려서 그 사실을 인정하지 못했던 게 미안하다. 그리고 또 얼마 전에 거절한 일들에 대한 생각도 떠오른다. 내가 뭐라고 거절했을까. 그때 돈 좀 벌 수 있었는데, 못 번 돈에 대한 생각 등. 무차별적인 줄 알았지만 떠오르는 생각들에는 공통점이 있었다. 결국 내가 잃어버린 것들에 대한 생각이 질서도 없이 마구 떠오르는 것이다. 그나마 목적지가 가까워서 다행이지 긴 길이었으면 울 뻔했다.

어제도 이 건물에 있는 마트에서 장을 보기 위해 똑같은 길을 운전했는데, 그때는 도로도 꽉 막혔고, 주차장, 마트 어느 곳 하나 사람과 차가 안 붐비는 곳이 없어서 신경질만 났다. 이렇듯 공간의 여유라는 것이 얼마나 중요한 것인지, 같은 길도 아예 다른 길로 만들고 만다. 길뿐 아니라 이 큰 건물 안에도 사람이 없었다. 잠이 덜 깬 영향도 있겠지만, 다른 차원으로 넘어온 것 같은 신비한 체험을 하는 것 같았다. 꿈인지 SF인지 모를 어느 경계에 걸린 재미있는 느낌.


어제 갔던 마트는 아직 개장 시간 한 시간 전이라 셔터는 내려가 있었지만, 마트에서 일하는 분들은 왔다 갔다 각자의 파트를 준비하는 모습이 보였다. 그들 중 저 마트 복도 끝에서 한 남성이 파란 걸레에 소독제를 뿌려가며 카트 손잡이를 하나하나 닦고 있는 모습이 눈길을 끌었다. 문득 어제 마트의 카트를 잡을 때 본 문구가 떠올랐다. '우리 마트는 매일 카트 방역을 하고 있으니 걱정 말아라'는 내용의 문구였다. 생각 없이 본 그 문장이 사실이었음을 내가 직접 목격할 줄 그땐 미처 알지 못했다. 저 걸레가 깨끗한지, 이게 얼마나 방역 효과가 있는지에 대해서는 의심이 가지만, 적어도 지금 모두가 가족을 만나러 간 설 연휴의 아침 8시 반에 카트 손잡이 하나하나를 닦고 있는 저 사람만큼은 절대적인 사실이다. 왜 그랬는지는 모르겠지만, 멀리서 카트를 닦고 있는 그 사람을 발견하자마자 가슴이 아팠다. 마치 오래도록 못 본 사람을 우연히 먼저 발견한 것처럼 가슴 중앙이 아려왔다. 연휴에 아무도 관심 없을 일을 묵묵히 하고 있는 저 사람을 나만 보고 있다는 것이 쓸쓸해졌다.

사람들이 꼭 봐야 될 이야기는 대단한 장면이 아니라 이런 장면이라고 생각하는데, 정말 나만 이렇게 생각하는 걸까.


내가 좋아하고 믿는 가치를 비주류라고 재단하고 싶지 않지만, 나한테 나오는 이야기들은 하나같이 비주류 취급을 받고 있는 요즘, 소중한 것을 봐도 주류 비주류로 판단하는 나쁜 버튼이 생긴 게 몹시 성가시다. 위기에 처한 지구를 구하는 것보다 숨어있는 작은 존재를 구하는 것이 진짜 세상을 구하는 것이라고 생각하는데, 자꾸 그런 이야기를 말하면 상업적이지 않다고들 말한다. 작은 이야기에서 큰 이야기를 할 수 있다고 생각하는데, 내가 지금 가고 있는 극장엔 점점 더 작은 이야기가 안 보이는 것 같아서 겉만 작은 내가 속까지 작아진다. 지금 내가 걷고 있는 이 텅 빈 서울, 텅 빈 건물이 내 신념의 인기를 상징하고 있는 것 같아 쓸쓸하지만, 난 이게 좋은데 어쩔 수 없지. 실은 지금 내가 보러 가고 있는 영화도 소위 말하는 큰 이야기이긴 하다. 내가 쓰려는 것과 보려는 것에 괴리를 느끼며 나도 참 이기적인 인간이라는 생각을 했다. 그렇지만 이런 이기심은 괜찮지 않나. 어차피 돈을 못 버는 것도 나고, 손해를 보는 것도 나니까.

서울에 사람이 없으니 머리가 팽팽 돌아가며 또 생각났다. 고등학생 때 글을 너무 못 써서 논술을 공부하기 위해 매일 아침 신문을 읽거나 영화 잡지를 읽었는데, 그때 나는 막연히 부업으로 칼럼니스트가 되고 싶다는 생각을 했던 기억이 떠올랐다. 그 생각을 어디서 했는지도 기억났다. 포항 시내버스 안에서였다. 왜 그런 생각을 했는지까지도 떠올랐는데, 그건 칼럼을 읽을 때 혼자가 아닌 느낌을 받았기 때문이었다. 사소한 순간을 누군가는 자세히 들여다보고 있다는 것이 나를 외롭지 않게 했다. 신문에 쏟아지는 거대 담론들 속에도 어느 누군가는 이런 사소한 것도 보고 있는 것이 안심이 되었다. 다양성이라는 추상적인 가치를 목격하는 것은 그때나 지금이나 나의 원동력이 되어주기 때문이다. 그게 사람이든, 유명하지 않은 책이든, 누가 잃어버리고 간 물건이든 칼럼에서 그런 것들을 통해 삶을 이야기한다는 게 얼마나 귀엽고 소중했던지. 그 칼럼니스트라는 영어 단어가 너무 번지르르하게 느껴져서 나도 그게 되고 싶다고 입 밖에 꺼낸 적은 없지만, 그 생각을 했던 것은 분명하다.

나는 결국 아무에게도 상관이 없을 이런 사소한 것을 목격하고 느끼고 생각할 때, 쓰고 싶다. 그런 순간을 만난다면 어떤 압박도 없이 지금처럼 글을 쓰게 된다. 고작 이 짧은 순간을 위해 나는 계속 그 싫은 것들을 견디고 있나 생각하면 지나치게 비실용적인 인간인가 싶지만, 어차피 행복이라는 게 비실용적이다. 누구나 찰나의 행복을 위해 모든 것을 바치며 살 듯이 나도 그러할 뿐.

그런데 도시 자체에 사람이 이렇게 없어야만 글을 쓰고 싶다면 나는 어떻게 해야 하지? 잘 쓰지도 못할 거면 많이라도 써야 돈을 벌 텐데, 어쩌려고 몸도 작고, 하고 싶은 이야기도 작고, 쓰고 싶은 마음도 작을까.

그냥 이렇게 생각하기로 한다. 죽기 전에 딱 두 편만 더 찍자. 단 내가 좋아하는 걸로만. 난 작으니까 조금만 찍는 것이다. 누군가에게는 소박한 계획일 수 있지만, 그 누구보다 큰 야망이라 벌써부터 두근댄다.

이런 마음으로 살다 보면 오늘 같은 날이 좀 더 자주 와 주지 않을까. 어두운 글 속에서 내가 빛나고 있는 것처럼 느껴질 날이.

이 석 원

1971년 서울에서 태어났다.
서른여덟이 되던 해 첫 책을 낸 이후로
지금까지 모두 다섯 권의 책을 냈다.

●

인생은 늘 이렇게 오락가락이다.

어떤 날엔 그 어떤 난리를 쳐도 단 한 글자도 쓰지 못하겠다가,
어느 날엔 책 한 권 분량을 뚝딱 써냈다가.
언젠가는 죽도록 쓰고 싶었다가
 또 어떤 날엔 죽을 만큼 쓰기 싫었다가.

# 어느 에세이스트의
# 최후

　나는 1971년생. 돼지띠. 이 글을 쓰는 동안 막 2022년이 되었으니 우리나라 나이로 이제 쉰둘. 오십을 훌쩍 넘긴 지금, 내가 나이 오십이 넘었다는 것은 나와 열 살 남짓 터울의 누나들이 환갑이 됨을 뜻하고, 그렇다는 것은 우리들을 낳은 두 살 차이의 부모님도 진작에 팔순을 넘기셨다는 얘기가 될 터.

　세월이 빨리 많이 흘렀다. 할머니가 마당에 꾸미신 넓은 화단에서 꿀벌과 해바라기를 보며 기쁨에 겨워하던 아이는 이제 자그마한 아파트 베란다 앞에 서 있다. 그 할머니의 며느리였던 어머니가 할머니가 되어 베란다에 꾸민 작은 화단을 보면서, 설렘이 아닌 안도감 속에 하루하루 잠을 청하는 어른이 된 것이다.

생각해 보면 어릴 적의 행복이 기쁨과 설렘, 재미 같은 것들이었다면 어른을 행복하게 하는 요소는 감사함과 안도감이 아닐는지. 아이들이 재미와 즐거움을 찾아 세상을 헤맬 때 어른들은 그저 걱정, 불안, 고통이 없는 상태, 그러니까 자기 전 불을 끄고 자리에 누웠을 때 마음에 걸리는 것이 없는 날들을 바라며 추구하는 것이 그들의 행복이 아닐는지.

일찍 일어나 새벽에 내린 눈을 보며 덩달아 눈처럼 가라앉은 내 고요한 마음이 가능한 오래 지속되길 바라고, 시간이 흘러서 이제는 아무도 밉지 않고, 누군가를 떠올려도 죽지 않을 만큼만 그리워 다행이라 여기는, 그런 어른의 삶.

십수 년 전 첫 책을 쓸 당시에 벌어진 일이다. 더 큰돈을 꿈꾸며 사업을 하시던 부모님의 일이 최악의 결과를 빚으면서 두 분은 그야말로 알거지가 되셨다. 개인적으로는 책에도 기술한 병마와 싸우느라 물 한 모금 편히 마시지도 못하는 형편이었고.

이석원

지금도 기억난다. 원래 하나였던 방을 나무 합판으로 벽을 세워 억지로 둘로 갈라놓았던 작은 집. 갖고 있던 세간살이를 다 버리고 이사 간 그곳은, 욕실의 바닥 수평이 맞지 않아 샤워를 할 때면 곧 발목까지 물이 차오르곤 했었다. 그곳 그 작은 방에서, 다른 형제들은 부모님의 일을 수습하러 정신없이 뛰어다닐 때 홀로 그 모든 상황으로부터 열외가 되어 글을 쓰던 나. 누군가는 가족의 생계를 책임져야 하지 않느냐는 명분이었다. 지금도 그 지옥 같던 상황에서 글을 쓰던 마음이 어떻게 그렇게 담담하고 평온할 수 있었는지, 그 감정의 기원과 정체를 알지 못한다. 어쩌면 나는 그 모든 일들을 정면으로 마주한 채 싸우고 수습할 자신이 없어 글 안으로, 글을 쓰는 방 안으로 간편하게 도피해버린 것은 아닐까. 글을 쓰는 일이 힘들다고는 하나 현실과 부딪히는 것보다 어렵다고 생각해 본 적은 없다.

　다행히 그렇게 해서 쓰게 된 글에 나는 무슨 기적처럼 몰입했는데 절박함이 사람을 그렇게 집중하게 할 줄은 몰랐다. 그것은 아마도, 젊어서는 고통이 나의 쓰기의 동력이었다면 이제는 그 고통에 대한 두려움이 가장 큰 동력이 되어

버린 탓은 아니었을지. 두려움이 피어나지 않는 날들이 늘어감에 하루하루 안도하면서, 그것이 행복이 되어버린 삶을 살면서.

하여 그때, 집안이 몰락하고, 평생 가져가야 하는 고약한 병을 얻는 등의 시련을 담담히 서술하던 나의 모습은, 실은 쿨하기 때문이 아니라 오히려 너무 겁이 났기 때문인지도 몰랐다. 욕실에 들어가 거울을 보면 어른들이 저승꽃이라 부르며 혀를 차던 기미가 얼굴을 새까맣게 뒤덮고 있었다. 그걸 보며 우울해하다 변기에 앉아 일을 볼 때면 시뻘건 핏물이 그득 쏟아져 내렸다. 나는 그 모든 일들이 그저 두렵고 섬뜩해서 얼른 욕실을 나와 컴퓨터 앞으로 달려가 글을 썼다. 그런 끝에 마주한 디지털 지면 위에서야 비로소 두려움을 잊은 채 다른 세상에 몰입할 수 있었기 때문이었다. 그때의 글쓰기는 내게 그렇게 치유와 도피의 방이었다.

책이 처음 나왔을 때의 순간들이 기억난다. 가족들은 무너져 버린 삶에 어느 정도 적응해 가고 있었고, 아무리 힘이 들어도 시간은 가는구나, 나는 그런 생각들을 하고 있었다. 2009년 11월. 첫 책이 나오자, 원래부터 나를 알던 사람들은 진심으로 내 책을 반겨주었지만 늘 그렇듯 행복했던 순간들은 짧았고 이내 나는 현실의 구렁텅이로 내쳐 들어가게 된다. 가족과 친구와 당시 하던 밴드의 팬들이, 한마디로 사 줄 사람들이 다 사고 나니 더 이상 찾는 이가 없는 나의 책은 이내 서점에서 자취를 찾아보기가 어렵게 된 것이다.

매일 매주 서점에서 게시되는 판매 순위를 보며 희비에 젖던 순간들. 저게 팔려야 부모님의 세끼 밥상을 차리고 겨울에 보일러라도 때 드릴 것인데 하는 내 조바심을 놀리기라도 하듯 곤두박질치던 성적. 판매 순위 따위가 나를 상징할 수는 없는데. 그런 게 내 글을 대표할 수는 없는 건데. 확인하고 싶지 않은 것을 해야 하는 날들에 절망하면서, 어느새 책을 냈다는 기쁨도 잠시 나는 그렇게 내가 평생 가장 사랑하던 공간을 잃어갔다.

◆◆◆

내가 사랑하는 서점은 작고 아늑하면서도 개성이 넘치는 동네 책방이 아니라 멋대가리 없게도 서점 중에서도 하필 가장 크고 기업화된 공간이었다. 광화문 교보문고 같은. 하지만 그래서 좋았다. 작은 공간에서는 누리기 어려운 여러 가지 것들을 누릴 수 있었기 때문에.

공간이 넓은 만큼 주인이나 다른 손님들을 굳이 의식하지 않아도 되고, 또 그런 만큼 내가 좋아하는 책과 책 사이의 공간들을 마음껏 느끼고 거닐 수도 있었다. 한마디로 존재의 자유가 있었다고 할까. 그곳에서는 어디서 무얼 하든 내가 누구든 아무도 상관하지 않았다. 나 스스로 신경이 쓰이지도 않았다. 그런 익명의 자유를 느낄 수 있는 곳이 세상에 드물다 보니, 나는 그곳이 그렇게나 좋았었나 보다. 어릴 때는 그저 드나만 들다가 내 손에 돈이 한두푼 생기면서부터는 읽지도 않는 책을 사들이기 시작했다. 언제건 무슨 이유에서건 돈이 생기면 나는 그곳으로 달려가 계산대 한켠에 마련되어 있던 큰 바구니를 집어 들곤 그 안에 책을 가득 담았다. 그러고는 다시 계산대로 가 돈을 지불할 때마다 나는 책을 소유하는 기쁨을 누렸다. 물론 그 행복은 집으로 돌아와 책장에 그날 산 책을 꽂는 순간 사라져 버리고 말았지만.

나이를 먹고 알 수 없는 허기가 커져갈 때마다 나는 그곳

을 점점 더 많이 찾았고 내가 사들이는 책의 권수도 그만큼 늘어갔다. 어떤 안 좋은 기분도 그 안에 들어서는 순간 요동치던 마음이 고요해지면서 평화가 찾아오곤 했다. 좋은 일이 있을 때도 나는 어김없이 그곳을 찾아 내게 찾아온 선물 같은 순간들을 홀로 자축하곤 했다.

그 좋았던 곳을 어쩌다 잃게 되었을까. 이럴 줄 알았다면 책을 내지 않았을지도 몰랐을 텐데.

단지 한두 권의 책을 내는 것으로 작가 생활을 마감했더라면 이런 지경까지 올 일은 없었을지도 몰랐을 텐데.

···

2019년의 어느 토요일 밤. 무심결에 틀어놓은 티브이 예능 프로그램에서 나는 뜻밖의 인물을 만나게 된다. 예전 가요 판에서 꽤 주가를 올리던 세션 연주자 A 씨였다. 1990년대 중반에 창간되었다가 끝내 다음 호를 내지 못하고 사라져 버린 어떤 음악 잡지의 창간 기념 인터뷰에서 나는 그의 존재를 처음 알았었다. 그는 시종일관 뮤지션은 자기 음악을 해야 하는데, 세션이란 그저 기계적인 돈벌이에 불과한 일이므로 자기는 그걸 그만둘 거라고 말했다. 그래서 이제부터라도 자기 음악을 할 거라고 다짐하듯 몇 번이나 말을 하는 것이었다. 진작부터 그러려고는 했지만 당장은 먹고살아야 하니까 적어도 오 년 안에 이 일을 그만둘 거라고 장담하던 그. 하지만 그 뒤에도 그의 이름은 자기 앨범이 아닌 남의 앨범의 크레딧에서나 발견할 수 있었고, 그 세월이 오 년을 훌쩍 넘어 점점 더 길어질수록 나는 누군가가 자신이 원하는 바를 이루지 못했다는 생각에 아득했다.

그리고 거기서 또 긴 시간이 지나 이제는 그의 존재조차 잊고 있던 차에 티브이에 나온 그를 보게 된 것이었으니. 얼굴에 주름이 많이도 간 그는 체념한 듯 웃으며 말했다. 자기는 이 일이 사십 년째라고. 그 옛날 잡지 인터뷰에서 오 년 안에 세션 일을 그만두겠다고 호언장담하던 모습을 본 지 수십 년 만의 일이었다.

그러니까, 그가 만약 이십오 년 전 그때 그 인터뷰에서 본인이 털어놓던 생각을 여전히 고수하고 있다면, 그 생각이 옳든 그르든, 그는 적어도 자신의 뜻대로 삶을 살아내지는 못한 사람이 되는 것이었기에 나는 슬펐다. 한 사람이 사십 년이 넘도록 자기 일에 대해 그만둬야 되는데 그만둬야 되는데 하고 살지 않았기를 바랐기 때문이었다. 이제는 세션 맨의 역할에 대해 스스로 긍정하며 자기 삶에 가치와 의미를 둘 수 있게 되었다면 좋았으련만.

인생이란 게 다 생각하기 나름이고 의미를 부여하기 나름 아닌가. 자신이 원하는 삶을 사는 사람이 세상에 얼마나 되겠으며, 정말로 행복한 것과 행복하다고 느끼는 것이 그리 다르지 않다면, 더더욱 그래야 하는 것이 아닐지.

물론 내가 이렇게 남의 이야기를 하는 이유는 그에게서 내가 아는 누군가의 모습이 겹쳐 보였기 때문이다.

◆◆◆

십수 년 전 서른아홉의 생을 살면서 쓴 첫 책에 나는 이렇

이석원

게 쓴 적이 있다. 하고 싶은 게 없으면 그냥 없는 대로 살면 된다고. 덕분에 독자들로부터 쿨하고 담담하다는 소리도 제법 들었지만 삶이란 아무것도 단정할 수 없는 법. 시간이 지나면서 나는 점점 책에 쓴 대로 살 수는 없었는데 처음부터 그런 것은 아니었다. 정말로 나는 하고 싶은 것이나 꿈같은 것 없이도 사십 년을 잘 살았고(최소한 그렇다고 믿었고) 밥벌이가 유일한 소명인 이 인생이 그냥 그렇게 계속 살아질 줄 알았다. 그랬는데, 그거면 충분했는데, 언제부터였을까. 사십을 넘기고 사십대 중반이 넘어서면서부터 과연 이대로 생을 마감해도 좋을지, 너무 빨리 삶의 중요한 것을 포기하고 살아온 것은 아닌지 하는 의구심이 자꾸만 나를 괴롭혔다.

그래서 이제라도 하고 싶은 일을 하며 살아야겠다는 생각에 하기 싫던 음악을 그만둔 것이 2017년, 마흔일곱의 일이었다. 이십여 년간 해오던 음악을 그만둔 대가로 나는 그때부터 새 삶을 살게 되었을까? 끝내 벗어나지 못하고 사십 년째 여전히 세션 일을 하고 있는 그분과는 달리, 나는 나의 의지로 주어진 삶을 벗어나 행복을 찾았을까?

불행히도 그렇지는 못했다. 음악과 글이라는 두 가지 일을 하다 하나를 그만두고 나자, 글을 쓰는 일 역시 먹고살기 위한 방편으로 소모되고 말았던 것이다. 마치 세션 맨이 돈을 위해 남의 주문에 따라 틀에 박힌 연주를 하듯 말이다. 그러니 지금껏 나의 이십오 년 세월이 단지 밥벌이를 위해 그렇게 갔는데, 그 A 씨의 사십 년을 나라고 채우지 못하게 되리란 법은 없다는 생각에 나는 다시 그를 보며 진한 아득함을 느끼지 않을 수 없었던 것이다.

오, 삶이여.

◆◆◆

주말. 이제는 전처럼 자주 찾지는 않게 된 시내 대형 서점을 오랜만에 찾는다. 반가운 마음에 이곳저곳 거닐어보지만 책보다 먹고 쉬고 이야기하는 공간이 더 많아진 서점 풍경에 뭔가 멈칫하는 나. 쉽사리 마음을 열지 못하는 이방인처럼 잠시 머물다 이내 발길을 돌린다.

이석원

한때 오랜 세월, 단지 이 공간에 들어서기만 해도 마음이 한없이 평화로워지던, 그 많던 위로와 휴식을 이제 더는 누리지 못하게 된 이유는 뭘까. 책을 내어 바라던 대로 무일푼이 되셨던 부모님의 생계를 책임지는 등 다른 많은 것들을 얻은 대신, 더는 이 공간에서 전에 느끼던 것들을 느낄 수는 없는 신세가 되었다. 이제 나는 이 공간에서 위로를 받는 사람이 아니라 주어야 하는 사람이 되었기 때문에. 그것도 사람들의 선택을 받아야만 겨우 가능한 처지가 되었기에.

나는 내가 쓴 글을 팔아 나 자신과 부모님 두 분의 생계를 책임져야 한다는 분명한 목표를 갖고 책을 썼다. 그렇기에 책의 판매 상황은 내 기분뿐만 아니라 삶 자체를 지배했다. 책은 팔릴 때도 있고 안 팔릴 때도 있었지만 어떤 상황에서든 불안감이 나를 떠나본 적은 없다. 그래서 나는 나의 책들이 사람들의 선택을 받을 수 있게끔 잘 보이는 곳에 놓였는지, 또 이번 주엔 몇 번째로 얼마나 많은 사람들의 선택을 받았는지 등을 확인하는 일이 힘들었고, 자연히 서점에서 보내는 시간들도 더는 즐거울 수가 없게 되었다.

그렇게 흘러간 십삼 년.

비로소 이제 나도 그 세션 맨이 했던 결심을 똑같이 해본다. 내가 그토록 사랑했던 공간을 되찾기 위해, 더 늦기 전 머지않은 시간 안에 이 일을 그만두겠다고. 다시 말해서 더는 책 내는 것을 중단하고 나의 책들을 이 경쟁의 전장에서 남김없이 거둬들인 후 다시 아무것도 아닌 사람으로 돌아가겠다고. 그리하여 다시 평범하게 서점이란 공간을 즐기고 지키던 그 시간들을 되찾겠다고. 오래 걸리진 않을 것이다. 지금 계약한 책들을 모두 완성하고 나면, 먹고살기 위해 불가피하게 경쟁해야 하는 일은 다른 데서 찾고 글쓰기는 전처럼 나의 친구로 둘 것이다. 음악이 그랬던 것처럼, 글도 밥벌이로 소모되어 사라져 버리지 않도록 할 것이다.

이렇게 다짐을 하는 것까지, 그때 그 이십오 년 전 세션 맨의 인터뷰와 너무나 흡사해서 조금 불안하긴 하지만 아무튼 할 것이다. 그래서 먼 훗날 내가 원치 않는 이 일을 한지 사십 년이 되었다고, 글로 다른 사람들과 경쟁하며 한 권이라도 더 팔기 위해 안간힘을 써야 하는 일을 한지 그렇게나 긴 세월이 흘렀다고 체념한 듯 털어놓지 않을 거다.

이석원

할 수 있겠지? 나는 남들과 다를 수 있겠지?

　나는 오랜 세월, 어서 음악을 그만둘 수 있길 바라며 음악을 했다. 그리고 실제로 그만두는 데에는 십칠 년쯤이 걸렸다. 글은 어떨까. 어느 정도의 세월이 흘러야, 얼마나 열심히 쓰고 얼마나 잘 써야 그 시간을 앞당기는 게 가능할까. 그리하여 나는 요즘 꼭 예전 음악을 할 때처럼 글쓰기를 어서 그만두기 위하여 글을 쓰는 하루하루를 보내고 있다. 결심을 이루는 그날까지 부디, 서점이란 공간이 이 세상에서 사라지지 않기를 바라면서.

❖❖❖

　2022년 1월. 나는 태어난 지 오십이 년이 되었고 글을 쓰기 시작한 지는 사십 년이 넘었으며 돈을 받고 청탁받은 글을 쓴 지는 약 삼십 년, 작가라는 이름으로 책을 내기 시작한 지는 십삼 년 정도가 되었다. 숫자로 풀어본 나의 글쓰기 이력은 대체로 이러하다. 이처럼 근 평생을 숨 쉬듯 글을 쓰며 살아온 자의, 하루라도 쓰지 않으면 견딜 수 없는 사람으로 평생을 살아왔던 나의 요즘 작가로서의 하루는 어떨까.

　매일 아침 눈을 뜨면 컴퓨터 앞으로 직행해 뭔가를 쓰기 시작하는 것이 내 하루의 시작이다. 물을 한 모금 마시거나 화장실을 간다거나 하는 일 외에는 아무것도 하지 않은 채 가급적 눈을 뜨자마자 뭔가를 쓰는 것. 그렇게 해서 메워진 원고가 언제나 나의 최선이었다. 하루 중 그 아침나절 몇 시간 동안 나오는 글이 가장 질이 좋고 선명했던 것이다. 그래서 행여 점심때가 올까 허겁지겁 글을 쓰고는, 남은 하루 동안 그렇게 나온 글을 정리하고 퇴고하는 것이 내 작가로서의 하루였는데. 요즘은 다르다. 일어나자마자 컴퓨터 앞에 앉아 뭔가를 쓰는 것은 같지만 이젠 다른 것을 쓴다. 글이 아니라 주로 오늘의 할 일을 텍스트로 정리하는 일을 하는 것이다. 십 리터짜리 쓰레기봉투 한 묶음 사 오기, 작은 방 치우기, 며칠 전 새로 발견한 내게 꼭 맞는 베게 하나 더 주문하기….

　요즘 나의 하루는 이렇게 아침에 눈을 뜨면 그날의 해야 할 일들을 빠짐없이 적고 그것들을 하나하나 지워가며 해나

가는 것이 전부다. 얼핏 성실해 보이기도 하고 무슨 문제가 있는 것인가 싶기도 하다. 그런데 그 해야 할 일들을 성격상 빠짐없이 충실히 하면서도 단 하나 목록에는 있으나 하지 못하고 다음 날로, 또 그다음 날로 미루는 일이 있으니 그건 바로 글쓰기다.

작가로서 원고지를 메우는 일. 지금 내게 가장 중요한 일.

책을 낸 뒤로, 돈이 필요할 때마다 계약을 했기 때문에 써서 넘겨야 할 원고가 태산인데 오늘은 이 일을 해야 하고 내일은 저 일을 해야 해서 글을 쓰지 못한다. 사실 내가 쓰기 외에 하는 일들이 글을 쓰는 일과 아주 무관한 것은 아니다. 그것들은 다 실은 글을 쓰기 위한 사전 준비 작업의 일환이기 때문이다. 글을 쓰기 전에 다른 신경이 쓰일만한 잡무들을 말끔히 해결한 뒤, 청정한 마음으로 오롯이 글에 몰입하겠다는 계획에서 그 일들을 하는 것이다. 문제는, 내가 바라는 그런 말끔한 상태가, 글 쓰는 일 외에 다른 해야 할 일이 없는 완전무결한 하루가 도무지 나오지 않는다는 데에 있다.

전에는 매일 아침 눈을 뜨면 그날 써야 할 글거리가 거짓말처럼 술술 떠올랐다. 그래서 머릿속에서 떠오른 그것들을 단지 컴퓨터로 옮겨 적기만 하면 됐다. 그러는 과정에서 살도 붙고 새로운 표현이나 생각들도 떠오르며 글이 확장되고 정리도 되고 그랬다. 그러나 요즘 나의 머릿속에서는 글이 아닌 그날 글쓰기에 매진하기 위해 우선 정리해야 할 다른 신경 쓸 거리들이 촤라락 떠오른다. 누구한테 밀린 답장도 해줘야 하고, 친구 장모님이 돌아가셨기 때문에 급히 상복도 마련해야 한다. 이걸 다 처리해야만 글을 쓸 수 있는데 처리해야 할 일들은 매일 무한히 새롭게 생겨난다. 마치 하루도 빠짐없이 청소를 해도 그다음 날이면 또 어김없이 치워야 할 거리가 생기는 것처럼, 매일 전력을 다해 해야 할 일들을 해도 다음 날이면 똑같은 하루가 반복된다.

오늘 이것만 다 하고 나면 쓸 수 있겠지, 내일 저것만 하면 그땐 진짜 쓸 수 있겠지. 그런데 어째서인지 그런 날은 오지 않는다.

내가 해야 할 일은 글을 쓰는 것인데, 그게 가장 중요하고

급한데, 오직 그 하나를 제외한 다른 일들만 눈에 들어온다. 이것들을 어서 다 해결해야, 내 마음속에서 다른 핑곗거리가 더는 떠오를 일이 없을 때라야, 그야말로 먼지 하나 없도록 완벽하게 내 삶과 내 주변이 정리되어야 그때부터 나는 글을 쓸 수 있을 텐데. 벌써 이 년 가까운 짧지 않은 세월 동안 이런 날들을 반복하고 있는데도 어째서 내가 원하는 날은 오지 않는 것일까.

솔직히 말하면 더는 그 어떤 할 일도 없는 완벽한 순간들이 몇 번 오긴 했었다. 그날 아침도 그랬다. 한 아홉 시쯤 눈을 떴는데 평소와 달리 그날 해야 할 자질구레한 생활의 일들이 아무것도 떠오르지 않았다. 진짜로 너무 완벽하게 모든 일들을 다 해놓아서 더 이상 다른 할 일이 없었던 것이다. 그런데도 나는 글을 쓰지 못했다. 어째서 그랬을까. 평소 나의 주장대로라면, 이제 더는 쓰는 것 외에 신경 쓸 일이 없으니 다른 군말 없이 나는 글을 썼어야만 했는데. 그토록 오랜 시간 공들여 준비한 완전무결한 시간 속에서 나는 어떤 방해도 받지 않은 채 원고지를 메울 수 있어야만 했는데.

그때 나는 느꼈다. 쓰는 것 외에 아무것도 할 일이 없어진 나의 머릿속에서 '자, 이제 준비가 되었으니 글을 써볼까?' 하는 게 아니라 정말로 더 할 일이 없는 건지, 정말 지금 완벽하게 글을 쓰기 위한 상태가 된 것이 맞는 건지 집요하게 묻고 있다는 걸. 그리하여 마침내 생각도 못했던 다른 할 일을 '녀석'이 기어이 찾아내는 걸 보면서 나는 알았다. 그동안 나는 쓰기 위한 준비를 해왔던 게 아니라 오로지 그 일을 하지 않기 위해 피해 다니기만 했었다는 걸. 그게 두려움이나 권태든 다른 무엇 때문이든 간에 나는 이 일이 음악이 그랬던 것처럼 또 하기 싫어졌다는 걸.

그러니까 나는 또 한 번 내가 사랑했던 일을 밥벌이로 삼은 죄로 그 일을 영원히 잃게 된 것인지도 모른다는 걸.

아아, 어쩌면 좋을까. 나는 아직은 써야 하는데. 아주 여러 가지 의미에서 나는 쓰지 않으면 살 수 없는데.

오늘도 나는 준비를 한다. 쓰기 위한 준비를. 글을 쓰는 일에 매진하기 위해 다른 신경 쓸만한 일들은 모두 정리할 수

이석원

있도록 목록을 주욱 적은 다음, 하나하나 지워가며 오늘 하루를 누구보다 성실히 보낸다. 단지 쓰지 않을 뿐. 단지 원고지를 붙들지 않을 뿐.

이것이 돈을 받고 글을 쓴지는 삼십 년, 책을 낸 지는 십삼 년쯤 되는 어느 에세이스트의 하루다. 지금 나는 작가로서, 한 에세이스트로서 스스로 최후를 맞이하기 전에 이미 그 생명이 끝나버린 것일까? 이런 고민을 하며 변함없이 쓰기 위한 준비를 반복해 오던 어느 날, 정신을 차리고 보니 이 글을 썼다. 비록 짧은 글이긴 하지만 원고 하나를 마무리한 것은 무려 이 년 만의 일. 한 글자도 쓸 수 없다고만 생각했는데 어떻게 된 것일까. 써도 원고가 아닌 예능 프로그램 감상기 같은 것들만 죽어라 써졌는데 도무지 어찌 된 노릇인지.

무엇이 어떻게 된 것인지 잘은 모르겠지만 나는 이 짧은 글이 아직은 내가 끝이 아니라는 사실의 증거가 되어주었으면 좋겠다. 짧게나마 이렇게 다시 글을 썼으니 앞으로도 새 글을 쓸 수 있을 거라고 내게 말해주었으면 좋겠다. 쓸모가 있든 없든 아직 쓰고 싶은 게 남아있는 한 너의 작가 생명이 끝난 건 아니라고, 이렇게 버티다 보면 언젠가 다시 전처럼 원고지를 즐겁게 메울 날이 올 수 있을 거라고, 이 짧은 글이 내게 그렇게 희망이 되어주었으면 좋겠다. 그리하여 앞서 다짐했듯 스스로 최후를 맞기 전에 나의 작가 생명이 본인의 의지와는 무관하게 덧없이 끝나버리는 일은 없었으면 좋겠다.

그러기 위해서라도 지금껏 그래왔듯 나는 매일 쓰기 위한 준비를 계속하려 한다. 이 원고를 마친 후 다시 아무것도 쓸 수 없는 상태로 돌아가더라도, 쓰기 위한 토대를 마련하고자 했던 그 많던 시간들이 꼭 무의미한 것만은 아닐지도 모른다는 생각을 이제 조금은 하게 되었으니까.

인생은 늘 이렇게 오락가락이다. 어떤 날엔 그 어떤 난리를 쳐도 단 한 글자도 쓰지 못하겠다가, 어느 날엔 책 한 권 분량을 뚝딱 써냈다가.

언젠가는 죽도록 쓰고 싶었다가 또 어떤 날엔 죽을 만큼 쓰기 싫었다가.

이석원

• 이 글은 『보통의 존재』 10주년 기념 특별판 작가의 말에서 원안을 가져왔다.

이 다 혜

영화 전문지 〈씨네21〉 기자. 글 읽기를 좋아해서 글쓰기를 시작했다.
『출근길의 주문』『처음부터 잘 쓰는 사람은 없습니다』
『어른이 되어 더 큰 혼란이 시작되었다』『아무튼, 스릴러』 외 다수의 책을 썼다.

●

쓰지 않은 글을 쓴 글보다 사랑하기는 쉽다.
쓰지 않은 글은 아직 아무것도 망치지 않았기 때문이다.

# 쓰지 않은 글은
# 아직 아무것도 망치지 않았다

　글쓰기로 밥벌이를 하는 일은 난처한 일의 연속이다. 글 쓰는 직업을 가진 사람은 하고 싶은 일을 직업으로 삼은 (속 편한) 사람이라는 편견 아래 놓이곤 하지만 쓰고 싶은 글만 쓰고 싶은 대로 쓰며 사는 사람을 나는 본 적이 없다. 신선처럼 사는 작가는 어디 있나? 세상 모든 일처럼 글 쓰는 직업에도 신비는 없다. 일을 하고 돈을 받는다. 유난할 이유는 없다. 글값을 지불할 때는 글의 가치를 측정한다. 어떤 때는 옷감을 팔 듯 길이를 재 돈을 받는다. '매절'이라 부르는 방식으로, 원고의 길이를 재서 단어 수, 혹은 원고지 매수를 단위로 원고료를 측정한다. 나는 청탁한 원고량의 5배가량을 쓴 필자의 담당이었던 적이 있다. 그러나 매체 기고 원고에는 지면이 제한되어 있어서 많이 쓴다고 무조건 해당 원고량에 대한 글값을 받을 수 있는 것은 아니다. 매체 원고료는 대체로 매절로, 청탁할 때 이미 길이가 정해져 있다. 단행본을 출간하거나 특별계약을 한 온라인 기고는 원고 판매 건수에 따라 러닝 개런티를 받는다. 후자가 '인세' 방식의 정산이다.

물건이나 기술을 파는 다른 직업과 마찬가지로 해당 기술을 보유한 사람은 당신이 아니어도 많다. 쓰고 싶지 않다면 쓰지 않으면 된다. 나나 당신이 글을 쓰지 않는다면 세상의 몇 사람은 아쉬워하겠지만, 어쩌면 눈물을 흘릴지도 모르지만, 그 사람들조차 얼마간 시간이 지나면 다른 이들의 글을 읽고 있으리라고 장담할 수 있다. 꼭 내가 써야 하는 글이 세상에 있을까?


그래서 세상 괴로운 것이 시키지도 않은 글을 쓰면서 글을 쓰고 싶지 않다는 사람들의 호소를 듣는 일이다. 편집자의 월급에는 이런 하소연을 듣는 몫이 포함되어야 한다. 월급이 분명 더 많아져야 한다. 편집자는 슬럼프(마감을 늦게 하겠다는 해명)에 빠진 필자를 달랜다. 당신의 글을 기다리는 사람이 있다. 당신이 쓸 글을 분명 많은 사람들이 좋아할 것이다. 어서 써주시라. 행간에 원고를 빨리 내놓으라는 원망이 맺혀있다. 하지만 필자를 달래다 보면 어쩐지 마음이 약해져 '빨리'를 '가능하실 때'로 바꿔 말하게 된다.

　문제는 편집기자로 일하는 나 역시 글을 쓸 때는 여느 필자와 똑같다는 데 있다. 편집자가 글을 쓰면 마감 일정과 분량을 잘 지키리라고 믿는 경향이 있는데 내가 본 바로는 아는 자들이 더하다. 과정을 꿰뚫고 있으니 원고 마감이 더 늦는 일도 있다. 최근에 편집자들이 책을 쓰는 사례가 부쩍 늘었는데, 책이 막 나온 편집자 겸 작가들을 만나보면 대체로 비슷한 얼굴을 하고 있다. 첫 책을 갓 낸 저자의 얼굴을 한 단어로 하면 '너덜너덜'이다. 기대하는 마음과 기대하지 말자는 각오, 편집자에게 이것저것 요구하고 싶다는 충동과 그래서는 안된다는 자각, 마케팅에 대한 불만과 그 과정에 대한 이해, 홍보를 해야 한다는 압박과 나대기 싫다는 소심함이 온통 혼란스럽게 뒤얽혀서는 혼이 빠진 얼굴을 하고 있다. 첫 책이 나왔을 때의 마음이 그렇다. 까다로운 작가가 되고 싶지 않지만 까다로운 작가가 왜 까다로웠는지 알게 된다. 마음은 하루 종일 양극단을 오간다.

누가 억지로 시킨 일이 아니다. 글을 쓰는 사람이 가장 잘 알고 있다. 세상에는 이미 충분히 많은 글이 있다. 나만 쓸 수 있는 글이 있다고 믿고 싶지만, 글이 완성되기 전에는 정말 그런지 알 도리가 없다. 고민하는 동시에 글을 팔아 돈을 벌어야 하니 하고 싶다든가 하고 싶지 않다든가 하는 말은 도움이 안 된다. 대체 어쩌란 말인가.

하지만 나의 경우, 처음에는 문제가 지금보다 단순했다.

글을 쓰는 일을 직업으로 삼고 처음 10년 정도는 남이 쓰라는 글을 충실하게 썼다. 다른 사람이 판단하기에 내가 쓸 수 있는 글이라면, 내가 쓸 수 있는 글이라고 믿고 어떻게든 썼다. 십대에는 글쓰기에 친숙했지만 이십대 초반에는 책보다는 음악과 더 가까웠기 때문에 갑자기 글을 다루는 일을 하게 되었을 때 내가 글에 대해 갖고 있던 기준은 필자가 아닌 독자의 그것이었다. 나는 편집기자로 일을 시작했다. 나보다 나이도 경력도 많은 선배들의 글을 읽고 나면 수정 제안을 하기는커녕 하나같이 대단해 보여서, 글을 읽어도 뭐가 틀렸는지 어떤 제목을 달아야 할지 판단하기까지 시간이 꽤 걸렸다. 입사 전에는 놀 때도 밤잠은 꼬박꼬박 잤는데, 일하면서는 매주 밤샘을 하게 됐다. 최종 마감일에 출근하면 24시간이 지나 퇴근하곤 했다. 다들 정신없이 일하고 있었고, 내가 뭘 하는지 생각을 할 시간이 없었다. 우리 팀뿐 아니라 내가 협업하는 모든 팀에서 내가 제일 어렸고, 연차가 낮았고, 서툴렀다. 이런 상황에서 글을 읽고 쓰는 능력을 빨리 키워야 했다. 아니면 그만두든가. 아마 집의 경제 사정에 여유가 있었으면 그만뒀을지도 모른다. 월급이라는 동아줄을 놓치지 않으려면 어떻게든 쓸모 있는 사람이 되어야 한다고 생각했다.

극한의 상황에 처하면 인간은 초능력을 갖게 된다. 영화에서는 그랬다. 현실은 그렇지 않았다. 또한 그때의 나는 참비장했는데 그 사실을 아는 사람은 나 하나뿐이었다.

회사에서 글을 쓸 줄 모르는 사람은 나 하나뿐이었다. 단한 번도 내가 속한 무리에서 글을 읽고 쓰는 능력이 뒤처진 적은 없는데, 글쓰기와 관련해서 상도 여러 번 받았는데, 글로 먹고사는 사람들 사이에서 일을 시작하자 나는 아무것도 아니게 되었다. 입사하고 일주일쯤 지나 회사 선배 몇 명이 환영한다며 술을 사주었는데, 맥주와 소주, 위스키를 잔뜩 마시고 한참을 듣고 말한 뒤 새벽에 집으로 기어들어 오면서 알았다. 내가 그토록 자신만만했던 책, 음악, 영화에 대한 내단한 취향 중 어느 것으로도 함께 일하는 사람들의 발끝에 비빌 정도도 되지 못했다. 나는 무척 행복했고(내가 알아갈 즐거움이 세상에 많이 있다!) 동시에 고통스러웠다.(나는 그들 중 한 사람이 아니었다―아직은.)

나는 맨날 선배들을 붙들고 물었다.

"어떻게 하면 글을 잘 쓸 수 있나요?"

"많이 읽고, 많이 써."

여기서 질문이 끝나면 초심자가 아니다. 뭘 읽어야 하나요? 뭘 써야 하나요? 어떻게 읽고 써요?

내가 같은 질문을 반복할 때 선배들이 답답하다는 표정을 짓는 일도 잦았는데, 이제는 그 얼굴을 이해한다. 본인들도 잘 모른다.

글 쓰는 사람들은 정답이 없는 상태에서 읽고 쓰고 안간힘을 쓰면서 원하는 무언가에 가까워지고자 한다. 그들은 답안지를 푼 게 아니라 답이 없는 질문을 붙들고 죽자 살자 매달려왔다. 그러니 지름길을 알려달라는 나의 요구에 당황할 수밖에 없었다. 와중에 나는 절박했고, 내가 일을 잘 못하면 피곤해지는 사람은 본인들이었으므로, 선배들도 도와주기 위해 애썼다. 예를 들어 나는 이런 책을 추천받았다. 김현의 『행복한 책읽기』, 이청준의 『병신과 머저리』. 그 선배가 좋아한 책이었다.

어디서 해법이 나올지 알 수 없으니 나는 추천받은 모든 방식을 다 썼다. 회사 자료실에 가서 시집을 다 펼쳐놓고 낯설거나 용법이 특이한 단어를 베껴 적은 노트를 만들었다. 선배들이 권하는 책은 전부 읽으려고 노력했다. 주말에도 영화를 봤다. 놀랍게도, 노력을 해도 나아지는 기분이 들지 않았다. 내가 회사에서 쓴 첫 번째 원고는 펫샵 보이즈의 신보에 대한 원고지 2매 정도의 짧은 소개 글이었는데, 그 글을 쓰기 위해 나는 며칠 동안 그 음반을 반복해 들은 것은 물론이고 그때까지 펫샵 보이즈가 발표한 모든 곡을 듣고 그에 대한(내가 구할 수 있는) 모든 글을 읽었다. 그러고도 뭐라고 써야 할지를 몰라서 밤을 거의 새웠다. 미쳤지 싶다. 시간

대비 효율로 따지면 비효율의 끝판왕이었다. 그럼에도 불구하고 책을 더 읽어야 했다. 영화를 더 봐야 했다.

이렇게 글쓰기를 배우면 글을 쓰고 싶다는 기분 같은 것은 들어설 틈이 없다. 자기 시간을 여유롭게 쓰는 작가도 어디엔가 있겠지만 나는 본 적이 없다. 게다가 기자는 시계를 보며 글을 쓴다. 기자들 사이에서는 '마감이 원고를 쓴다'는 유의 농담도 있는데, 마감 직전까지 원고가 없었는데 마감 때가 되니 '어라? 신문이나 잡지가 나왔네?'라는 뜻이다. 초치기 했다는 뜻이다. 어떻게든 책이 나와야 한다. 매주 그렇게 마감을 했다.

어느 날 음악 담당이 되었고, DVD 담당이 되었고, 책 담당이 되었다. 회사로 오는 택배가 하도 많아서, 내가 음반과 DVD와 책을 광인처럼 사 본다는 사실을 선배들이 알고 있었던 덕분이었다. 나는 팝 음악과 애니메이션, 미국 드라마, 각종 장르 소설에 대해 쓰기 시작했다. 만으로 2년 차가 되었을 때부터 타 매체의 청탁을 받았다. 거의 한 가지 생각뿐이었다. 다른 사람들이 내가 쓸 수 있다고 생각하는 글을 쓰

자. 한번 청탁한 사람들이 계속 글을 맡기는 사람이 되자. 글을 쓰는 일을 직업으로 삼고 처음 10년 정도 남이 쓰라는 글을 충실하게 썼다는 말은 이런 맥락이다.

지금 돌아보면 그때의 나는 우울증이었을 텐데, 일이 너무 바빠서 돌아볼 여유가 없었다. 이십대 중반이었으니, 며칠 밤을 샐 수 있는 체력이 있었다. 이빨에 굵은 끈을 물고 1톤 트럭을 끄는 차력꾼처럼, 출근하고, 글을 읽고 퇴근과 동시에 술을 마시고, 새벽에 퇴근하고, 영화를 보고, 울기도 하면서, 쉬지 않고 쳇바퀴를 돌렸다. 돈이 없어! 이게 모든 문제의 근원이었다. 하지만 글을 쓰는 일이 나에게 제법 잘 맞았던 것도 맞다. 똑같이 밤샘을 해도, 다른 일을 위해서였다면 그렇게 할 수 있었을지 잘 모르겠다. 나는 애초에 무엇에도 시큰둥한 편이기 때문이다. 그렇게까지 열심히 할 이유가 무엇인가? 무슨 일이든 말이다. 그런데 다른 사람들이 필요로 하는 글을 내가 쓸 수 있다는 기분은 마음에 들었다. 드물었지만 내가 쓴 글이 내 마음에 들었다. 그러니 내 글을 찾는 사람이 더 많아지면 좋겠다고 생각했다. 2000년대 중반부터는 잡지와 단행본 영한 검토와 번역 일도 했다. 마감이 없이 쉴 수 있는 날은 거의 하루도 없었다.

쓰고 싶은 기분? 그런 게 뭐야? 원고를 쓰다가 문득 고독해지면 지금까지 작업한 원고량을 원고료로 환산해 본다. 아, 이제 5만 원어치 썼군. 오늘 10만 원어치는 써야 하시 않을까?

모든 이야기를 다 할 생각은 없다. 시간이 가면서 집안 상황은 더 복잡해졌고, 나는 번아웃에 빠졌다. 글을 직업 삼은 지 10년이 되어갔지만 스스로 불러온 재앙에서 벗어날 방법이 보이지 않았다.

어떻게 쓰면 되는지 알게 되었다고 생각했지만, 번아웃이 시작되자 아무것도 소용이 없었다.

우울한 와중에 분주했던 그 시기에도 내가 원하는 글을 쓰고 싶다는 막연한 기분은 있었고, 잘 쓰고 싶기도 했지만, 도통 그게 무엇이며 어떻게 써야 할지 알 수가 없었다. 원래 책을 좋아했고 글쓰기도 좋아했지만 좋아하는 일은 그 외에도 많았다. 영화도 좋았고 음악도 좋았다. 그래서 좋아하는 것들을 기록으로 남기기 위해 글을 쓰기 시작했다. 나 자신이나 친구들, 블로그 이웃들을 위해 시작한 아카이빙이었으니 정말 쓰고 싶은 글만 썼다. 그때는 블로그를 이용한 개인 브랜딩이라든가 수익 창출이라는 말이 없었다. 파워블로거(지)라는 말도 없었다. 원하는 내용으로 두서없이 블로그를 운영해도 괜찮았다. 일본 오락 프로그램을 한창 많이 보던 때였으니 일본 오락 프로그램 내용을 정리해 올렸다. 야구를 한창 보던 때였으니 매일 야구 경기 내용을 정리해 올렸다. 영화를 보고는 영화에 대해 썼고 음악을 듣고는 음악에 대해 썼고 책을 읽고는 책에 대해 썼다.

블로그에 허랑방탕한 글을 잔뜩 썼기 때문에 글이 주는 재미를 알았지 싶다. 쓰고 싶어서 쓰는 글, 닉네임으로 쓰는 글. 가격을 따지지 않아도 되는 글. 그 덕에 '잘 써야 한다'에서 '쓰고 싶다'는 단계로 넘어갈 수 있었다.

'쓰고 싶은 글'에 대한 환상이 있다. 사람들은 누굴 격려하려는 목적으로 "쓰고 싶은 글을 써"라고 말하곤 한다. 내가 아는 번역가 선생님은 에세이를 내고 나서 사람들이 "첫 책 축하합니다"라든가 "드디어!"라는 식의 반응을 해서 떨

떠름하다고 했다. 번역이 자신의 일이고, 번역은 언제나 자신을 괴롭지만 행복하게 했으며, 번역으로 가족을 부양했다고. 저자의 자리에 서기 위해 번역을 하지 않았다고.

기자로 일하면서도 비슷한 말을 듣곤 했다. "네 글을 써야지." 아주 오래전에, 후배들을 성추행하기로 유명했던 어느 회사의 본부장이라는 사람이 딴에 여자 부하들을 꼬시기 위해 쓰던 상투적인 문구가 "너는 제2의 오정희가 될 수 있을 거야"였다.

월급 받고 쓰는 글, 청탁 받고 쓰는 글 말고, 네가 쓰고 싶은 글을 써야지. 이런 말을 해주는 사람들에게 휘둘리기는 쉽다. 글이 뭐길래. 그런데 그런 일이 가능했다. 글이라서. 창작에 관한 신화는 제법 오랫동안 인기가 있었다. 20세기 사람들은 그랬다.

소설가 김소진의 삶과 죽음은 그 시기에 전설처럼 말해지곤 했다. 1990년 한겨레신문 교열부에서 일을 시작한 김소진은 1991년에 등단, 1995년에 신문사를 그만두고 전업 작가로 글을 쓰기 시작했다. 1997년에 췌장암 진단을 받고 세상을 떠났는데 겨우 서른세 살이었다. 회사를 그만두고 그는 마치 맺힌 것을 풀 듯 쉼 없이 소설을 발표했는데, 어쩌면 나에게도 그런 재능이, 그런 이야기가 있지 않을까. 소설가가 되고 싶다기보다, 그렇게 치열하게 쓰는 삶을 상상한 적이 있었다. 지금 생각해 보면 나의 이십대의 치기였다. 뭐가 되고 싶은지 모르면서도 뭐든 될 줄 알았다.

글이 중요하다고 생각하고 글에 매달린 시간이 길어지면 이상한 것들이 멋있어 보인다는 이야기를 하는 중이다.

사쿠라바 가즈키가 쓴 『아카쿠치바 전설』이라는 소설이 있다. 1950년대 돗토리 지방의 베니미도리 촌에는 제철업으로 부자가 된 명문가 아카쿠치바 가문 사람들이 산 위 저택에서 살고 있다. 아카쿠치바 가문 여성 삼대의 60여 년에 걸친 이야기를 담아낸 소설인데, 총 3부로 된 소설의 2부 주인공은 게마리다. 그의 시대는 7~80년대. 게마리는 전설의 불량소녀이자 유명한 폭주족이다. 고3 겨울, 게마리는 주고쿠 지방을 평정한 뒤 은퇴를 선언하고 소녀 만화를 그리기 시작하는데, 폭주 소녀들의 사랑과 우정 싸움을 그린 작품으로 인기 작가가 된다.

내가 게마리에 홀린 이유는 두 가지였다. 첫째, 폭주족이던 게마리가 어느 날 갑자기 소녀 만화를 그리며 인기를 얻었다는 점이다. 게마리는 소녀의 이미지를 이분법하려는 시도의 무용함을 보여주는 캐릭터라는 점에서 흥미롭다. 둘째, 게마리는 만화 연재를 시작하고는 순식간에 인기를 얻은 나머지 한순간도 자유 시간을 갖지 못하고(큰 경사의 폐해) 연재에 매인다. 20만 부가 고작이던 만화 주간지 매출이 70만 부까지 뛰어올랐다. 그렇게 12년, 마지막 원고를 다 그린 뒤, 희대의 싸움꾼이며 만화가였던 백말띠 아카쿠치바 게마리는 쉬러 들어간 방에서 조용히 숨을 거둔다. 서른두 살이 되던 여름날 밤이었다.

나는 지금도 『아카쿠치바 전설』을 좋아한다. 하지만 마감을 끝내고 죽는 작가라는 설정에는 오싹함을 느낀다. 하지만 마감을 못 끝내고 죽는 작가는 더 무섭다. 마감 인생이 길어지면 소설을 읽으며 이런 생각을 하게 된다.

나도 내 글이 따로 있다고 생각한 적이 있다. 아주 틀린 말은 아니다. 내게는 실현하지 못한 기획을 담은 메모가 한가득 있다. 내가 읽고 싶어서 쓰고 싶은 이야기가 내게도 있다. 쓰지 않은 글을 쓴 글보다 사랑하기는 쉽다. 쓰지 않은 글은 아직 아무것도 망치지 않았기 때문이다.

하지만 쓰지 않은 글의 매력이란 숫자에 0을 곱하는 일과 같다. 아무리 큰 숫자를 가져다 대도 셈의 결과는 0 말고는 없다. 뭐든 써야 뭐든 된다.

회사에서 처음 글을 쓰기 시작했던 때 가졌던 순진한 기대와는 달리 글을 쓴 시간이 길다고 해서 쓰고 싶은 글을 쓸 수 있게 되지는 않았다. 내가 쓴 글을 비슷한 방식으로 다시 쓰기를 원하는 사람들이 많다는 사실도 알게 되었다.

이제는 원고 요청을 제법 잘 거절하지만 여전히, 나를 원한다는 이유로 확신이 부족한 상태에서 시작하는 글이 있다. 또는 일이기 때문에 쓴다. 내가 쓰고 싶다는 이유로 시작하는 글을 내가 원한 대로 지키기는 늘 어렵다. 내 능력이 뒷받침되지 않을 때도 있으니까.

이다혜

어떤 글은 긍지를 깎아먹고 어떤 글은 자존감을 높인다.

결과가 어떻든 쓰기 만만했던 글은 단 한 편도 없었다.

이 랑

아티스트. '이랑'은 본명이다.
정규 앨범 〈욘욘슨〉〈신의 놀이〉〈늑대가 나타났다〉 등을 발표했다.
지은 책으로 『오리 이름 정하기』『대체 뭐하자는 인간이지 싶었다』
『모쪼록 잘 부탁드립니다』 등이 있다.
단편영화, 뮤직비디오 감독으로도 일한다.

●

'너에게는 과분하다 생각하는 그 자리에 생각 없이 앉아
아무것도 안 하면서 으스대기만 하는
 어떤 배 나온 아저씨를 떠올려라.'

 이 글을 읽고 나서는
'그래, 까짓것. 이 세상에 쓸모 있는 것만 존재하는 것도 이상하지'
하고 좀 더 단순하고 용감하게 생각하게 되었다.

# 오늘도 춤을 추며 입장합니다, 쓰기 지옥

내가 가장 오랫동안 할 수 있는 일은 글 쓰는 일일 거라고 생각해 왔다. 17세에 시작한 첫 번째 일은 어느 문화·예술 잡지 한 코너에 만화를 그리는 일이었다. 이후 그림을 더 배우고자 홍대 회화과를 지망했으나 외워서 그리는 석고 정물화를 너무 못 외워서 미대 입시를 처참하게 실패했다. 그러다 방향을 틀어 한예종 영화과에 진학해 영화 연출을 공부했다. 그렇지만 막상 1학년 때부터 영화보다 노래 만드는 걸더 열심히, 즐겁게 했다. 다른 과 학생들은 어떤 걸 공부하는지 궁금증을 이기지 못한 채 영화과 수업을 뒤로 하고 타과 전공 수업을 돌아다녔다. 그렇게 연극도 하고 무용도 하고 그림도 그리고 시도 쓰고 소설도 쓰고 평론도 쓰고 시나리오도 쓰고 여전히 어리둥절한 현대 미술의 세계도 체험하며 학교 이곳저곳을 누볐다.

누군가에게 나는 노래하는 사람, 영화하는 사람, 만화 그리는 사람 혹은 어쩌고저쩌고일 테지만 결국 모든 것은 다 '이야기'이고, 이 이야기들은 연결될 거라고 생각했다. 내가 하는 생각, 내가 만드는 것들이 언젠가는 다 이어질 거라고. 그렇게 생각하며 경력을 쌓다 보니 어느새 여러 가지 타이틀을 주렁주렁 단 20년 차 예술인이 됐다. 그리고 언제부턴가 내가 하는 일들이 실제로 연결되기 시작했다. 그걸 감지하기 시작했을 때, '역시'라는 생각과 '아이코 망했다'는 생각이 동시에 들었다. 내가 다양한 방식으로 창작을 할 수 있다는 것을 여러 사람들이 깨달은 뒤, 하나만 해서는 안 되는 인생을 담보로 잡힌 것처럼 복잡한 일들이 자꾸 생겨났다. 사람들이 나를 몰라서, 사람들이 나를 알기 시작해서, 내가 뭘 할 수 있는 사람인지 발견하면서, 일이 생기고 일이 시작되고 일이 끝났다.

일을 잊지 않기 위해 애쓰며 살아가다 일이 너무 버거우면 일기를 썼다. 오늘도 이 글을 쓰기 전에 일기를 썼다. 쓰고 싶은 기분은 항상 있다. 오히려 너무 많은 말과 글이 내 머릿속을 떠돌아다니는 게 문제다. 이 생각들을 다 받아쓸 자신이 없을 정도다. 하지만 처음부터 정해진 주제에 맞춰 글을 쓰는 것은 항상 너무 어려웠다.

　"좀 더 사회적으로 써주세요."

　신문 연재를 할 때, 첫 번째 원고를 넘기고 담당 편집자에게 이 말을 듣자마자 연재를 중도 하차하고 싶었다. 나는 항상 글을 쓰고 있고, 쓰고 싶지만 이렇게 요구 사항을 들으면 그때부터는 쓰기가 싫다. 모든 요구가 싫은 것은 아니지만, '사회적으로 쓰라'는 요구는 좀 너무했다. 내가 이미 사회 안에서 작동하는 인간인데, 사회인이 글을 쓰면 그게 사회적인 거 아닌가? 지금 쓰고 있는 글의 주제는 '쓰다'라는 행위에 대한 것인데, 이렇게 내가 먼저 생각하지 않은 주제가 던져지면 머리가 하얗게 돼버린다. 그 상태로 원고를 한 글자도 쓰지 못하고 한참 시간을 떠나보내던 중, 이 책 편집자님이 메일로 이런 아이디어를 던졌다.

　'영화 각본을 쓸 때의 랑'―'음악을 작곡 작사할 때의 랑'―'글을 쓸 때의 랑' 이런 식의 자아를 삼등분해서 써보는 것도 아주 재미있지 않을까 싶습니다.

이 문장을 보고 더 머리가 복잡해졌다. 나는 창작할 때 자아를 삼등분하지 않기 때문이다. 영화, 음악, 글쓰기로 사람들 앞에서 퍼포먼스를 할 때는 자아를 구분하긴 한다. 영화를 연출할 때는 가장 활기 있고, 목소리 크고, 확신에 찬 자아를 앞세운다. 많은 사람들을 설득하는 게 감독의 주된 업무이기 때문이다. 음악을 할 때는 조용하고 부끄러워하는 자아가 무대 위에 선다. 슬프고 외롭고 괴로운 마음을 내뱉는 노래들을 불러야 하기 때문에 노래 사이사이에 이 흐름과 방해되지 않는 태도를 유지하는 것이 좋다고 생각한다. 글은 사람들 앞에 나와서 써본 적이 없는 것 같다. 한번 해보고 싶은 욕망은 있다.

'창작' 자체를 시작할 때는 장르에 따라 다를 것이 그리 없다. 뭐든지 쓰는 것부터 시작이기 때문이다. 그렇다면 이 '쓰다'라는 것에 대해 뭐부터 써야 할까. 주제가 정해진 글을 어떻게 써야 할지 고민하던 중, 작업실 동료인 김승일 시인이 내 책상 옆을 지나 밖으로 나가려고 하기에 불러 세우고 물어봤다.

랑   너는 주제가 정해져 있는 글은 어떻게 써?

승일  나는 그 주제를 파악하려는 노력부터 쓰기 시작하는
    것 같아. 예를 들면 최근에 '게임의 문학성에 대해'
    써달라는 의뢰를 받았는데, 나는 게임은 게임이고 문
    학은 문학인데 의뢰자는 왜 게임에 문학성이 있다고
    생각했을지 거기에 의문을 품고 그 생각부터 쓰기 시
    작했어.

나는 '쓰다'라는 주제에 대해 무엇부터 파악해야 하는 걸
까. 쓴다는 행위? 쓰기 전의 마음과 쓰면서 느끼는 마음? 그
리고 쓰고 난 뒤의 마음에 대해서? 그럼 이것들에 대해 한번
써볼까.

## 1. 춤추듯 '쓰다'

무언가를 쓴다는 행위 자체는 그리 어렵거나, 시간이 많

이 걸리는 일은 아니다. 쓸 것이 정해져 있으면 안무를 다 외운 무용수처럼 들려오는 음악에 맞춰 무대 위에서 몸을 움직이면 된다. 머릿속에서 이미 한차례 쓰인 말과 글들을 받아 적는 느낌이랄까. 안무를 다 외운 무용수는 작은 무대에서도 큰 무대에서도 준비한 '춤'이 가장 잘 보일 수 있도록 움직일 것이고, 머릿속 글을 받아쓰는 나 또한 이 종이 위에 그 글이 가장 잘 보일 수 있도록 집중해서 쓴다. 그 무대에 온전히 집중할 수 있도록 주변 환경을 잘 조성하는 것도 중요하다. 내 경우엔 머릿속에서 흐르는 글과 부딪히지 않는, 가사가 없거나 가사를 알아들을 수 없는 음악을 작게 틀어놓고 쓰면 집중이 잘 된다.(앰비언트 음악 작곡가님들 고마워요!) 주변에 손으로 뭔가 만드는 직업군의 친구들은 작업을 할 때 팟캐스트나 라디오, 오디오북도 듣는다던데. 나는 항상 내 머릿속 말들에 최대한 집중해야 하기에, 쓰면서 남의 말을 들을 여유가 없는 게 좀 슬프다.

쓸 것이 정해져 있지 않은 상태에서 쓴다는 행위를 시작하면 절대 안 된다. 그땐 그야말로 '쓰기 지옥'에 스스로 입장하는 격이다. 사실 나는 그 지옥에 자주 빠진다. 마감은 정

해져 있고, 쓸 재료는 마련되지 않은 상태로 몇 문장 쓰고 '문서정보 > 문서통계'에 들어가 아직 한참 모자란 글자 수를 세고 또 센다. 글자 수를 센다는 행위 자체가 이미 이 글이 흐름을 타지 못했다는 것을 말해준다. 무대에 오르자마자 안무를 까먹은 무용수처럼, 흐름이 끊긴 채 글을 쓰면 문장이 아니라 문장이 되기 위해 몸부림치는 얇고 검은 고통의 흔적들만 흰 종이 위에 남아있다. 그리고 나는 괴로워하며 그 고통의 흔적들이 몇 글자인지 '문서정보 > 문서통계'에 들어가 글자 수 세기를 반복한다. 지옥이다.


## 2. 무대에 오르기 전

글감이 정해지기 전까지는 일상생활 가운데 뇌의 어느 한 부분이 끊임없이 '무엇을 쓸지' 고민한다. 방향을 찾을 때까지는 절대 이 고민을 멈출 수 없기에 밥을 먹어도, 친구와 차를 타고 달리다 강을 지나며 반짝이는 윤슬을 보면서도, 담배를 피우면서도, 사랑하는 사람의 얼굴을 마주하고서도 뇌 한구석에서는 뭘 쓸지 고민을 계속 이어나간다. 고민의 절대량을 채운다고 답이 나오는 것은 아니기에, 고민이 언제 끝날지 모르는 상태로 은은한 불안감에 휩싸여 살아간다. 그래서 주간 연재가 제일 무섭다. 마감 직전까지 주제를 찾지 못하면 위에 언급한 '쓰기 지옥'에 매주 입장해야 한다.

절대량은 없다고 했지만 개인적인 경험상 짧은 글 한 편에 2주 정도는 고민을 해야 쓸 방향이 보이곤 했다. 하는 일이 여럿인 내 생활에는 정해진 루틴이 없기 때문에 이런 통계에 이른 걸 수도 있다. 평소 나는 하루에 수십 명과 메시지와 메일을 주고받고, 외국어로도(주로 일본어) 업무 파트너들과 소통하고, 온·오프라인 미팅이나 인터뷰를 하고, 외부 일정이 있으면 꾸미고 이동하고, 어딘가 도착해서 여러 사람들 앞에서 말을 하고 노래를 하기도 한다. 집에 있는 아픈 반려동물을 돌보기 위해 밥과 약 시간에 맞춰 집에 제때 들어가야 하는 미션도 있고…. 아무튼 그 모든 복잡한 시간 속에서 뇌 한 부분은 새로 쓸 글의 소재를 끊임없이 찾는다.

찰나의 단상이라도 놓치지 않기 위해 틈날 때마다 메모를 한다. 나에게 카톡을 보내거나 문자를 보낸다. 손등과 팔에 쉽게 지워지지 않는 펜으로 메모를 한다. 모니터 주변에 포스트잇을 잔뜩 붙인다. 20년 가까이 똑같은 모델의 노트를 쓰고, 거기에 손으로 달력을 그리고 스케줄을 정리하고 전체 이미지를 눈에 익혀가며 외운다.(줄이 있거나 칸이 있는 노트를 싫어한다.) 아이폰 메모장에 메모를 하고, 가계부 형식을 좀 고쳐서 만든 노션(Notion) 스케줄러에 한 일과 할 일을 기록한다. 음성 메모를 사용할 때도 있고, 사진이나 셀프 동영상을 찍어가며 기억할 때도 있다. 온갖 단상과 메모, 나를 향한 명령들을 스스로 내리고 수행하면서 계속해서 쓸 것을 찾고 찾은 것을 쓴다. 최근에 한 메모를 여기에 옮겨보고 싶다. 이 메모는 메모장에 쓰다 음성 받아쓰기 기능을 사용해서 마무리한 것으로 기억한다.

> 이랑이 하고 싶은 것을 하기 시작하는 것을 시작하는 작전
> 누운 랑이는 아이파크 베란다에서 이쪽을 바라보고 있는
> 랑이를 올려다본다
> ㄴ너 나 얼뎧개 보리니?
> 너 나 어떻ㄱ 보리니?
> 내가 랑이로 보리니? 어때 잘 있는 거 같니?

이랑

너는 어때? 내가 보이니?

근데 거기 너희 집이야?

ㅇ응 그렇ㄷ 할 수 있다면 그렇게 하려고 해

당연하지 너는 나니까 내가 보고 생각한 것들 너도 바로 알 수

있잖아. 다만 내가 널 멀리서 보려면 물리적으로

잠깐 멀어져야 해서 여기 온 거 뿐이고ㄴ

나도 너 있는 대로 가서 나를 보고 싶은데

그럼 내 방엔 누가 있어 아무도 없잖아

그래 그건 안 되겠다. 우리는 지금 둘뿐이니까

사실 우리는 하나일 뿐이고

물리적으로 둘 셋 넷 계속 더 많이 내가 늘어나 살아가는 게

더 쉬울 것 같아 정말로

그 하나 둘 셋 넷의 네가 언젠가 아프고 죽게 되는

상실의 날도 생각하겠지

하나 둘보다 안정적일 것 같아서

더 익숙해질 것 같아서 사람들이 아이를 가지는 걸까

자기 복제의 방법으로 말이야 이렇게 메모하는 거야말로

해가지고 이렇게 메모하면 얘가 잘 받아써

밤이 되었다 찜 쩜 밤이 되었다. 다음 줄 다음

마감이 없는 창작물을 만드는 경우, 메모부터 시작해 메모를 다시 보고 어떤 형태(시, 소설, 에세이, 노래, 시나리오, 만화 등)로 옮길지 정해 하나의 창작물로 완성한다. 완성까지 5년 이상 걸리는 작품도 있다. 이 글을 쓰면서 각 작품 당 첫 메모가 언제인지 한번 정리해 보고 싶어졌지만, 너무 거대한 발굴 업무가 될 것 같아 일단 이 원고 마무리하는 걸 우선하기로 마음먹었다. 참고로 2021년에 발표한 〈늑대가 나타났다〉 앨범에 수록된 '환란의 세대'라는 곡은 2015년에 형태를 만들었고, 메모는 그보다 훨씬 더 전에 시작했었다.

## 3. 기계식 키보드와 함께 추는 춤

'1. 쓰다'에서 얘기했던 것처럼 생각만 정리되면 써지는 건 금방 잘 써진다. 춤추듯 써 내려간다. 오히려 타자 속도가 머리를 따라가지 못해, 답답해서 미칠 것 같은 기분으로 가능한 한 손을 빨리 움직이려고 애를 쓰며 써 내려간다. 그나마 타자라서 이 속도라도 나오는 것 같고, 손으로 쓸 때는 더 말할 것도 없이 답답하다. 가끔 일기를 손으로 쓸 때가 있는

데 바쁜 와중에도 일기를 쓴다는 것인즉슨 무언가 쏟아져 나오는 순간이라는 뜻이다. 이럴 때는 그야말로 잉크가 바람에 날려 종이 위에 마구 흩뿌려진 것처럼 노트 위에 글씨를 마구 '갈긴다.' 스케줄을 쓸 때나 해야 할 일을 정리할 때 쓰는 글씨체와는 완전히 다른. 펜으로 오줌을 갈기듯 글씨를 써 내려간다. 이렇게 펜을 잡고 쓰는 일기는 물리적으로 손이 금방 피로해지기 때문에 많이 쓰고 싶어도 그리 많이 쓸 수가 없다. 노트를 한 서너 장 쓰면 한계가 온다. 나이가 들어가면서 신체가 정신을 못 따라간다고 느끼는 날들이 더욱 많아진다.

그리하여 나는 머릿속 글을 가장 효율적으로 받아쓰기 위한 최적의 도구를 찾아 헤맸다. 그 도구란 바로 '기계식 키보드'를 말하는 것이다. 17세에 가족들과 함께 살던 집을 떠난 후, 나는 지금까지 계속 노트북을 사용했다. 가난하고 거처가 불안정했기에 이동에 용이한 노트북을 고집했던 것 같다. 하지만 다양한 아티스트 업무가 늘어나면서부터 노트북 하나로 일하는 데 한계를 느꼈다. 어느새 8년째 쓰고 있는 지금의 공동 작업실이 생긴 뒤로는 노트북을 본체로 쓰고 모니터와 기계식 키보드, 마우스를 따로 연결해 사용하기 시작했다. 그리고 글쓰기 좋은 기계식 키보드를 찾아 헤매는 긴 여정도 함께 시작됐다.

글을 써 내려가는 내 리듬과 잘 맞는 키보드는 정말 중요하다. 오랫동안 타자를 쳐도 거슬리지 않는 소리와 키감을 찾아야만 최적의 상태로 글을 써 나갈 수 있다. 평소 커피와 밥 외에 소비가 거의 없는 편인 내가, 10만 원이 넘는 키보드를 몇 개씩 사가며 맞는 것을 찾을 때까지 쓴 돈이 전혀 아깝지 않았던 것은 그만큼 키보드가 글을 쓰는 데 얼마나 중요한지 말해준다. 키보드는 내 신체의 일부나 다름없다. 그가 없으면 내 춤은 완성되지 않는다.

처음 쓴 기계식 키보드는 청축 키보드였다. 축이란, 키 겉부분을 들어내면 나타나는 스위치를 말한다. 이 스위치의 종류에 따라 이름(청축, 갈축, 적축, 흑축 등)이 다르고, 눌리는 키감과 소리에 차이가 많다. 당시 나는 글 쓸 때 타닥타닥 타자기 소리가 나면 좋을 것 같아 가장 시끄러운 편인 청축을 골랐다. 처음엔 그 소리가 듣기 좋았으나 작업실 옆자리 언니가 키보드 소음에 불만을 표했고, 나도 막상 글 쓰는 양이 많아지다 보니 타자기 소리에 귀가 아프기 시작했다. 그러고는 곧바로 다음 키보드를 찾기 시작했다.

두 번째 키보드는 갈축으로 골랐다. 첫 번째 키보드(청축)에 비해 덜 시끄럽고 특유의 서걱서걱 소리도 마음에 들어 이 키보드에 정착하려 했으나, 안타깝게도 곧 불만이 생겼다. 그 불만은 바로 텐키(Tenkey: 키보드 우측 숫자패드)가 없다는 점이었다. 작업실 책상이 넓은 편이 아니라서 그동안 키보드 가로 길이가 짧은 텐키리스(Tenkeyless) 모델을 썼던 건데, 어느 시점부턴가 너무 불편해서 참을 수가 없었다. 우체국이나 은행 창구 직원들이 눈앞에서 텐키를 자유자재로 누르는 모습을 볼 때마다 텐키를 향한 욕망도 점점 더 커졌다. 틈만 나면 텐키가 있는 기계식 키보드 축별 비교 영상을 봤다.

그렇게 최근 세 번째 키보드를 샀다. 공익을 위해 모델명을 남긴다. '레오폴드 FC 980M PD' 적축 모델이다. 적축은 소음도 적고 키감도 부드럽기 때문에 오래 써도 손의 피로도가 낮다. 게다가 이 키보드는 텐키가 있음에도 불구하고 가로 길이가 짧다. 보통 텐키는 상하좌우 키보드 오른쪽에 붙어있어 전체적으로 가로 길이가 길어지는데, 이 모델은 텐키가 상하좌우 키보드 안쪽으로 파고 들어와 보통에 비해 손가락 한 마디 정도 짧다. 모양새를 글로 쓰려고 하니 쉽지 않지만 아무튼 이 점이 대박이다. 이 키보드 디자이너에게 경배를!

2022년 1월에 있었던 〈늑대가 나타났다〉 바이닐 발매 공연에서, 문자통역 전문 속기사가 공연 중 내 멘트와 가사를 엄청난 속도로 받아쓰는 걸 목격했다. 무대 위 설치된 스크린에 내가 말하는 내용이 실시간으로 문자화되는 모습을 보고, 그가 쓰는 속기사용 키보드가 어찌나 갖고 싶었는지 모른다. 그 키보드라면 내 머릿속에 써지는 글과 비슷한 속도로 받아쓸 수 있을 것 같았다. 공연이 끝난 뒤, 속기사분께 여쭤보니 그는 1년 정도 속기사 준비를 했다고 했다. 과연 내가 1년을 투자해 속기사 자격증을 딸 수 있을까. 아, 나는 속기사가 되고 싶은 게 아니라 속기사 키보드를 갖고 싶은 거였지.

이랑

나도 언젠가는 머리의 속도를 따라잡을 수 있는 글쓰기 도구를 만날 수 있겠지.


## 4. 무대가 끝난 뒤

보통 나는 좀 운다. 글 쓰는 사람들이 다들 그런지는 잘 모르겠지만 아무튼 나는 글을 다 쓰고 나서 읽고, 운다. 내가 쓴 모든 글을 읽고 우는 것은 아니고, 어떤 글은 읽고 나면 가슴이 뻐렁치는 때도 있다.('뻐렁치다'라는 표현을 글에 써도 되는지는 모르겠다.)

언제부턴지 정확히 기억나지는 않지만 나는 내 글 최고의 독자를 나로 정하기로 마음먹었다. 전에 똑같은 작품을 한 친구에게는 "이거 어때…별로지…?" 하면서 보여주고, 다른 친구에게는 "이거 좀 볼래? 진짜 잘 나온 것 같아" 하고 보여줬을 때, 전자의 경우 반응은 "어, 좀 별로긴 하다"였고 후자의 반응은 "와, 진짜 너무 좋다"라는 것을 알게 된 뒤, 내가 내 작품을 대하는 자세가 가장 중요하다는 것을 깨달았다. 그때부터 그냥 나는 내 편이 되기로 결심했다. 어릴 적부터 구원 콤플렉스가 너무 심했던 나로서는 아주 큰 결정이었다. 그동안은 누구 한 사람이라도 나를 있는 그대로 인정하고, 영원히 사랑해 주지 않을까 생각하면서 그런 사람을 만나기를 기다렸다. 하지만 연인이나 친구를 사귀어도 그 마음은 충족되지 않았고, 언젠가 이별이 찾아온다는 게 너무 가슴 아팠다. 음악가로 데뷔를 하고 작가가 되고 팬이 생겨도 나는 이별의 순간을 먼저 떠올렸고 안타까운 마음만 들었다. 그래서 나는 그 구원받고자 하는 욕망을 내려놓기로 했다.

가족, 친구, 연인, 팬들 모두 나를 영원히 지켜봐 줄 수 없는 사람들이지만 나는 내 삶을 처음부터 끝까지 지켜볼 수 있는 유일한 존재가 아닌가. 그렇게 생각하니 내가 나를 응원할 수밖에 없었다.

다만, 아는 것 빼고는 다 모르고 어리석은 존재인 나 자신을 얼마나 믿어도 되고 얼마나 응원해도 될지 끊임없이 의문이 생기는 것이 문제다. 위에는 자신 있게 내가 쓴 글을 읽고 울거나 뻐렁친다고 썼지만, 이 몇 페이지의 글을 쓰는 동안 백번은 후회한 것 같다. 이 글은 망했다. 이걸 누가 돈 주고 사서 볼까. 이 세상에 왜 내 글이 나와야 할까. 그런 의심이 스멀스멀 올라올 때 마음을 잡는 팁이 하나 있다. 어디선가 인터넷에 떠도는 글이었던 것 같다.

'너에게는 과분하다 생각하는 그 자리에 생각 없이 앉아 아무것도 안 하면서 으스대기만 하는 어떤 배 나온 아저씨를 떠올려라.' 이 글을 읽고 나서는 '그래, 까짓것. 이 세상에 쓸모 있는 것만 존재하는 것도 이상하지' 하고 좀 더 단순하고 용감하게 생각하게 되었다.

···

이제 쓰는 행위, 쓰기 전 마음과 쓸 때의 마음, 쓰고 난 뒤 마음에 대해 어느 정도 정리가 된 것 같으니 이 원고를 쓰는 행위도 슬슬 그만할 때가 된 것 같다. 리듬에 맞춰 너울너울 타자를 치고 있을 때의 기분이 좋기 때문에 이렇게 글을 마무리할 때가 되면 아쉽기도 하고 서운하기도 하다. 하지만 이 글이 책으로 나온 뒤에 내가 두 번 다시 읽지 않을 거라는 것도 잘 알고 있다. 이미 쓰는 과정에서 희로애락을 다 느꼈고, 편집 과정에서 편집자와 함께 끝장을 볼 것이기 때문에 물성이 있는 책으로 완성된 뒤에는 열어 보지도 않고 책꽂이에 꽂아두기만 할 거다. 언젠가 이 글에 있는 문장을 스스로 인용해야 할 때나, 후에 비슷한 주제로 다른 원고를 써야 할 때 같은 내용을 반복하지 않도록 주의하기 위해 들여다보긴 할 테지만 그 외에는 내가 이미 완성한 글을 다시 읽을 일은 없다.

다음 글을 향해 메모를 시작하고, 메모를 들여다보고, 메모를 추가하고, 메모를 모아 문장을 쓰고, 주제를 잡겠지. 그리고 쓰기 지옥에 입장하거나 춤추듯 신명나게 써 내려갈 시간을 기다릴 테지.

그 전에 일기를 한 편 쓰고 자야겠다. 일기 지옥은 없으니까.

이랑

박정민

배우. 2011년 독립영화《파수꾼》으로 데뷔,
《동주》《사바하》《다만 악에서 구하소서》등 수많은 작품에 출연하였다.
쓴 책으로는 에세이 『쓸 만한 인간』이 있다.

●

누군가의 마음을 녹이기 위해 내가 쓸 수 있는 글은 반성문,
그리고 절절한 러브레터 둘뿐이었고,
이것만큼은 종종 쓰고 싶다는 생각을 한다.

# 쓰고 싶지 않은
# 서른두 가지 이유

I.

내겐 먹고살기 위해 집중적으로 해내야 하는 일이 있다. 그 직업은 보통 쓰기보다는 읽는 일에 익숙한 것이고, 섣불리 썼다가는, 섣불리 입을 나불거렸다가는 여러 사람이 피곤해진다. 사람이 할 이야기가 있으면 하고, 의견이 있으면 내고, 불만이 있으면 표하고, 정의를 위해서 펜을 드는 것이 뭐가 어떠냐고 하는 사람들도 있다. 날 덜 사랑하는 사람들이다. 날 정말 생각해 주는 누군가는 내게 정의를 위해서 펜을 들지 말라고 가르친다. 펜을 드는 순간 뭐가 어떻게 되니까 부디 눈 감고, 귀 닫고, 입 막고 남들한테 피해 주지 말라고 한다.

2.

경솔하다. 늘 경솔하게 선택하고 차후 열심히 후회한다. 게다가 망각은 빠른 편이라 같은 실수를 반복한다. 지금 이 원고를 쓰겠다고 한 것도 조금은 후회스럽다. 쓰고 싶지 않은 마음에 대해 쓰다니. 모순이다. 한편, 써지지 않는 글과 미리 받은 계약금 또한 모순의 대결을 펼치는 중이다. 돈을 미리 받지 말걸. 경솔했다.


3.

글은 보통 진지하다. 난 생각보다 진지한 편이 못 돼서 글의 그 속성을 참기 힘들어할 때가 많다. 농담이라는 것도 글로 잘못 옮겨 놓으면 사뭇 진지해져 웃기지도 않고 의미도 없어지는 경우가 허다하다. 문자라는 것이 가질 수밖에 없는 한계. 이것이 미처 전달하지 못하는 말과 생각, 그리고 상황의 뉘앙스. 이 때문에 사람들은 가끔 오해를 하고 다투기도 한다. 그래서 여자친구와 문자 메시지로 싸울 때 사람들은 보통 이렇게 말한다.


'오해야. 전화 받아봐.'


박정민

4.

글은 보존에 용이하다. 덕분에 훌륭한 고전들이 지금까지도 전해 내려와 이를 통해 선조들의 지혜를 배우기도 한다. 하지만 문제가 있다. 보존하고 싶지 않은 것 또한 보존이 된다. 만약 내가 쓴 고작 그 한 권의 책이 오랫동안 보존이 된다면, 훗날 사람들은 그 글을 보고 나를 정의할 것이다.


'21세기에 배우로 활동하던 박정민은 소녀시대라는 가수를 좋아했다. 당시 그리 인기가 많지 않았으며, 그로 인해 관종이 된 것으로 보인다.'


5.

글은 변하지 않지만 시대는 변한다. 사상도 변하고 체제도 변한다. 근 10년 동안 기술은 비약적인 발전을 이루었고, 그에 따라 사람들의 의식마저도 개선이 되어가고 있다. 다만 글은 변하지 않는다. 때문에 의도치 않게 누군가에게 상처를 주기도 하고, 의식이 결여된 작가가 되는 경우도 있다.


난 훗날 한 시대를 주름잡는 무뢰한의 아이콘으로 남고 싶지 않다. 때문에 앞으로도 쓸까 말까 하는 것은 되도록 쓰지 않을 것이다.

## 6.

글은 졸리다. 웬만큼 훈련이 된 사람에게도 글은 어쩔 수 없이 졸리기 마련이다. 반면 유튜브는 재밌다. 온종일 보고 있어도 졸리기는커녕 알고리즘 속으로 더욱 깊숙이 들어가기 마련이다. 이젠 120분짜리 영화를 보는 것도 용기가 필요하다. 15분 정도의 동영상에서 나는 충분히 많은 것을 배운다. 과학도 역사도 영어도 영화도 유튜브는 참 재미나게 알려준다. 그러다 지치면 먹방도 보고, 오덕 아재들의 수다 삼매경도 보고, 이미 너무나도 잘 짜인 하나의 세상이다. 이 재밌는 세상을 외면하고 굳이 글을 읽는 사람들은 점점 줄어든다. 나 또한 마찬가지고, 그러므로 쓸 필요성 또한 점점 느끼지 못한다. 수요가 없는 공급만큼 외로운 일도 없다.

## 7.

올해로 고작 만 35년을 살았을 뿐이다. 지금 시대에 서른다섯은 어디 가서 짬밥으로 비비기에 적절한 나이도 아니거니와, 실제로 35년간 겪은 것을 굳이 더듬어봐도 이제는 더 이상 할 수 있는 이야기가 없다. 경험하지 않은 것은 상상할 수 없다고 한다. 이제는 양념할 조미료도 남지 않은 상황이라는 뜻이다. 떨어져 가는 소재만큼 새로운 소재가 나올 수 있는 삶을 보내고 있지도 않다. 아니 오히려, 특별한 이벤트가 내게 찾아오지 않기를 매일매일 최선을 다해서 기도한다. 내겐 지금 마음의 안정이 우선이고, 그러기 위해서는 절대 펜을 들어서는 안 된다.

## 8.

태생적으로 출력보다는 입력이 쉬운 사람이다. 먹지보다 백지가 무섭다. 백지를 나의 무엇으로 채워나가는 것에 매우 서툴다. 그 과정에서 과연 거짓말을 하나도 하지 않을 수 있을까. 나는 절대 그럴 수 없다. 그럴 수 있는 사람도 분명 있겠지만 나는 절대 그럴 수 없다. 두려움을 감추기 위해서, 진지하지 않기 위해서, 남들에게 보여주기 위해서, 인정받기 위해서, 그 누구보다 우수하기 위해서 빨주노초파남보 오색찬란하게 백지를 채운다. 사실은 천천히 먹을 갈고, 백지 위에 우아한 난만 쳐도 됐을 것을.

9.

아버지가 지인들에게 사인 요청을 받으면 책에 해서 선물할 요량으로 자꾸 내가 쓴 책을 몇십 권씩 사놓으신다. 어디 가서 아들내미 자랑을 어떻게 하시는지 알 수 없지만, 아버지의 손에서 누군가의 손으로 내 얼굴이 박힌 책이 전달되는 장면을 상상하면 그게 그렇게 오그라들 수 없다. 혹여 받는 사람이 '이렇게까지 바란 건 아니었는데.' '얘가 무슨 책을…?' '화보집인가?' 등의 생각을 하면 어쩌지. 그런 장면을 미연에 방지하기 위해서라도 앞으로는 책을 쓴다거나 글을 쓴다거나 하는 행위를 자제할 것이다.

10.

예전부터 내가 가진 전형적인 문과 이미지가 싫었다.(하지만 실제로 문과였다. 때문에 누워서 침 뱉는 격의 문과 비하를 할 생각은 조금도 없다.) 공부벌레, 안경잡이, 못 노는 애 등등의 이미지도 싫었다. 백일장에서 당선이 되는 것보다 축제 때 장기자랑을 하는 잘 노는 친구들의 모습이 부러웠다. 그 친구들에게서는 문과 이미지를 찾아볼 수 없었다. 문과 이미지를 버려야 잘 노는 애가 된다는 나의 가설을 충분히 뒷받침해

주는 논거였다. 지금에야 그건 중요한 게 아니라는 것을 머리로 깨달았지만, 사실 내 마음속 깊은 곳에는 아직도 문과 이미지를 버려야 더 잘나가는 애가 될 거라는 편협한 시각도 공존하고 있다.

II.

혼자 메모장에 삐죽이 적어놓은 글들이 훨씬 더 좋다. 누구에게도 보여주지 않는 글, 보여줘선 안 될 글, 나조차도 두려워 들춰보기 어려운 그 글들이 더 좋다. 훨씬 더 좋은 글을 두고 결국엔 누군가에게 보여주기 위해서 쓰는 이 글을 내놓자니 이 또한 모순이고 타협이다. 역시, 돈을 미리 받지 말았어야 했다.

🖉

그렇게나 쓰고 싶지 않음에도 불구하고, 메모장에는 쓰는 것이 모순이라 생각할 수도 있겠지만, 사실 이건 봉인의 한 과정이다. 속 썩이는 온갖 것들을 적은 후 금고 안에 넣어버리는 것이다. 그럼 그 감정들은 이제 더 이상 내 것이 아니게 된다. 봉인된 것이다. 다시는 마주치고 싶지 않은 그것들을 무쇠 안에 구

겨 넣음으로써 내일은 좀 더 산뜻해질 것이다.

산뜻해지기 위해서는 쓸 수밖에 없다. 모순이지만 어쩔 수 없다.

12.

요즘 들어 애니메이션에 빠졌다. 못 보던 사이에 훌륭한 작품들이 많이 나왔다. 한 작품 당 시즌이 적게는 세 시즌, 많게는 다섯 시즌을 넘어가는데 하루 종일 애니메이션만 보고 있는 것이 요즘 사는 낙이다. 하지만 그 낙을 포기하고 이 글을 쓰고 있다. 당장이라도 글쓰기를 중단하고 티브이를 켜고 싶지만, 마감이 얼마 남지 않았다. 써야 한다.

늘 그렇듯 의무는 귀찮은 편이다.

13.

막상 쓰기 시작하면 쓰기를 제외한 세상 그 모든 것들이 흥미롭다. 관심도 없던 70년대 소련 영화, 미국에서 일어난 의문의 사건, 오래 연락 못 해 미안한 고등학교 동창의 안부,

전기 뱀장어가 전기를 만드는 방법 등 흥미롭고 궁금하지 않은 것이 없다. 불행하게도 호기심이 생기면 풀고 가야 하는 성격이라서, 불행하게도 흥미가 가지 않는 단 하나 '글쓰기'가 맨 뒷순위가 된다. 그래서 난 늘 마감에 늦고, 담당자는 가슴을 졸인다.

문득 궁금해진다. 가슴을 졸이는 느낌의 물리적인 원리는 무엇일까.

잠시 호기심 좀 풀고 와야겠다.

14.

예전만큼 당돌하지 않다. 아마 잃을 것이 더 많아졌기 때문일 것이다. 괜한 단어와 문장으로 분란을 일으키느니 안정적으로 쓰는 것이 낫겠다 싶어 그렇게 한다. 그러다 보니 글이 재미가 없다. 내 글의 개성을 기대하는 사람들에게는 비보가 아닐 수 없다. 이렇게 개성을 잃다 보면 내 글을 필요로하는 사람들이 점점 없어질 것이고 난 그렇게 이 바닥에서자연스럽게 잊혀질 것이다. 그렇다. 이게 나의 빅 픽처다.

박정민

15.

내 글 나름의 클리셰가 생겼다. 다음이 훤히 보이는 전개가 이제 더 이상 독자들에게 매력적이지 않다. 어쩌면 당연할지도 모른다. 학창 시절 난 그 어떤 과목보다 수학을 더 좋아했다. 딱 떨어지는 답이 있다는 것이 이유였다. 하지만 딱 떨어지는 글은 어느새 흥미가 떨어진다. 내 글이 딱 그렇다. 그런데 그 클리셰를 극복하는 방법을 모르겠다. 계속 몰랐으면 좋겠다. 그래서 이 바닥에서 자연스럽게 잊히면 어떨까. 이것 또한 나의 빅 픽처다.

16.

내 글은 훌륭하지 않다. 훌륭하다고 생각해 본 적이 단 한 순간도 없거니와 앞으로 훌륭해질 가능성도 없다고 생각한다. 마치 글에 자신이 있어서 계속 이 바닥을 기웃거리는 것처럼 보이는 것도 싫다. 누군가에게는 분명히 민폐고 누군가에게는 분명히 꼴불견일 것이다. 역지사지로, 연기를 엄청 못하지는 않는 어떤 작가가 계속 영화에 출연을 한다면 어떨까. 생각해 보니 그리 기분이 나쁘진 않잖아? 그럼에도 더는 이런 글로 이 바닥을 기웃거릴 생각이 없다. 내 글 나름의 클리셰를 극복할 방법이 도무지 떠오르지 않기 때문이다.


17.

생각해 보니 〈왕좌의 게임〉 시즌 8을 못 봤다. 이건 진짜 보고 와야겠다.


17-1.

… 유종의 미를 거둔다는 건 정말 어려운 일이다. 그래, 다 잘할 수는 없다.


18.

〈왕좌의 게임〉이라는 기념비적인 작품의 작가도 어려워하는 글쓰기를 내가 할 수는 없다. 이 세상의 모든 작가들에게 경의를 표한다. 그리고 그 마음은 되도록 글을 쓰지 않는 쪽을 택함으로써 그 증표를 대신한다.


19.

훌륭하지 않아도 글은 쓸 수 있는 거라고 누군가 말했다. 알고 있다. 훌륭해야만 글을 쓸 수 있다면 내가 아는 그 사람은 글을 쓰면 안 되었다. 내가 훌륭하지 않아서 글을 쓰고 싶지 않은 게 아니다. 글이 훌륭하지 않아서 쓰고 싶지 않은 것뿐이다. 글이 훌륭하지 않아도 쓸 수 있는 게 글이라고 또 누군가 말한다. 알고 있다. 하지만 읽는 사람들은 대부분 훌륭한 글을 읽고 싶어 한다. 앞서 말했듯이 수요 없는 공급만큼 외로운 일은 없다니까.

20.

난 게으르다.

21.

게으름에도 불구하고 완벽을 추구한다. 전형적으로 같이 일하기 피곤한 타입이다. 마감은 제일 늦는 주제에 수정 사항은 많아서 더 이상은 그것이 불가능할 때까지 수정, 또 수정을 요구한다. 이런 히스테릭한 모습은 되도록 보여주고 싶지 않다.

방법은 하나뿐이다.

22.

처음 만나는 사람들 중에서 나에 대한 어떠한 선입견이 있는 사람이 더러 있다. 내가 쓴 고작 한 권의 그 책이 그들에게 나름의 이미지를 심어준 모양이다. 그리고 첫 만남에서 그들은 보통 자신이 기대하던 모습을 내가 보여주지 않아서 실망한다. 혼자 기대하고 혼자 실망하고 마음은 내가 다친다. 이럴 거면 전 국민이 모두 책 한 권씩은 쓰는 걸 의무로 했으면 좋겠다. 내가 쓴 글로 정의된 나란 사람을 연기해야 하는 마음은 참 쓰라리다. 역시나 당돌함보다는 안정적인 것을 추구하는 게 무난하겠다는 또 한 번의 깨달음이다.

✏️

반성문을 잘 쓴다. 반성문으로 많은 이의 마음을 녹인 경험이 숱하다. 나의 잘못, 그로 인한 피해, 피해 입은 사람의 상처, 그 모든 걸 돌봐야 하는 누군가. 보통 그 누군가가 반성문을 써오라 지시했고, 난 어렵지 않게 반성의 문장을 적어나갔다. 그 글을 읽으며 '뭐지? 이 살아 움직이는 반성은?' 하는 상대의 표정 변화를 보고 있으면 괜한 자부심이 느껴지기도 했다. 누군가의 마음을 녹이기 위해 내가 쓸 수 있는 글은 반성문, 그리고 절절

한 러브레터 둘뿐이었고, 이것만큼은 종종 쓰고 싶다는 생각을
한다.

생각해 보니, 금고에 봉인된 글들의 속성이 반성문에 가깝다.
혹은 러브레터에 가깝기도 하고.

## 23.

러브레터를 종종 쓰곤 했었다. 진심이 온전히 담긴, 둘만
이 공유하는 은밀한 연서다 보니 이보다 더 좋을 수는 없는
글들이었다. 하지만 결국 인연의 끈은 끊어지기 마련이고,
끝에는 이별을 했다. 그중에는 아직도 그 편지를 버리지 않
는 친구도 있다. 반면에 내게 남은 것은 손가락의 굳은살 정
도다.

## 24.

갑자기 기억이 난다. 수능을 마치고 영화과에 들어가기 위
해 중앙대 영화과 학생을 선생님으로 모신 적이 있다. 첫 수
업에서 그녀가 가르쳐준 것은 낙서를 많이 하라는 것이었
고, 낙서를 하다가 떠오르는 것을 이야기로 만들어 자기에

게 보내달라고 했다. 그래서 낙서를 하다가 떠오르는 것을 이야기로 만들어 보내준 후에 다음 수업 시간을 기다리고 있었다. 수업 시간이 다 됐는데도 선생님은 오지 않았다. 조심스럽게 전화를 걸었다. 버스 안인 것 같았다. 언제 오시냐고 물었더니 오지 않겠다고 했다. 왜 그러시냐고 했더니 내게 재능이 보이지 않는다고 했다. 글도 엉망이고 낙서도 그렇게 하는 게 아니라며 다그쳤다. 어린 마음에 상처를 조금 받았던 것 같다. 어른인데 책임감이 없다고 생각했다. 하지만 스물두 살이 되어보니 스물두 살에게 책임감은 사치일 뿐이라는 것을 깨닫고 마음이 조금 누그러졌다. 그때 내게 조금 더 재능이 없다고 업신여겨 주었으면 지금 이렇게 마감에 쫓기지 않을 수 있었을 텐데, 어쩔 수 없이 그 누나가 참 밉다. 그래도 건강하셨으면 좋겠다.

25.

대학교 2학년 때 단편영화를 만드는 수업이 있었다. 내가 쓴 글로 영화를 만들고 누군가에게 공개적으로 평가를 받는 건 처음이었다. 영화는 나름 팬시한 소동극이었고, 세 명의 교수님 그리고 두 학번 후배들에게 설레는 마음으로 보여주었다. 엔딩 크레딧이 올라가고 교실 불이 켜졌다. 장내는 술렁였다. 잘은 모르겠지만 대략 '내가 뭘 본 거지'의 반응이었다. 한 교수님께서 말씀을 시작하셨다.

"도대체 이게 뭔가요. 뭘 말하고 싶은 건가요."

그런 건 없었다. 그저 교수님이 엉망이라니 엉망이겠거니 했고, 그 자리에서 연출을 포기하기로 했다. 그때 재능이 없다는 걸 알았으면서도 이렇게 자꾸 쓰고 있는 나는 도대체 뭘 말하고 싶어서 그러는지 모르겠다. 아니, 사실 뭐 딱히 하고 싶은 말이 있는 것도 아니다. 결국엔 쓰지 않는 것이 답이다.

26.
친구가 갑자기 소주를 마시자고 전화가 왔다. 마감일이 닥쳐서 나갈 수 없다고 했다. 친구가 말했다.

"아주 작가 났네, 작가 났어."
내가 이 새끼들 때문에라도 그만 써야지. 제기랄.

27.

어제는 연극을 한 편 보고 왔다. 셰익스피어의 《리처드 3세》라는 연극이었다. 배우들이 무대에서 열연을 펼쳤다. 특히 리처드 3세 역을 맡은 황정민 선배가 100분 동안 땀을 뻘뻘 흘리며 온 무대를 누볐다. '저 정도면 리처드 3세가 아니라 황정민이 왕이 되고 싶은 것 같은데' 싶을 정도로 그는 열정적이었다. 내가 만약 왕이었다면 "그래 너 해, 우리 정민이, 아니 우리 리처드 그냥 너 왕 해" 하고 왕관을 던져주었을 것이다. 분명 그랬을 것이다. 결국 황정민 선배는 열정으로 왕관을 차지했고 마지막까지 자신의 땀을 아끼지 않았다. 그 땀과 왕관을 보며 생각했다.

'훌륭한 글은 훌륭한 글 나름대로 사람을 고생시키는구나. 난 애초에 쓰지 말아야겠다.'

28.

쓰는 것은 보통 평가를 당하고, 읽는 것은 보통 평가를 하는 편이다. 평가는 지긋지긋하다.

박정민

## 29.

언제부터였을까. 아마 대학생 때부터였던 것 같다. 내가 쓴 글을 보는 사람들은 하나같이 이렇게 말했다.

"이거 박정민 글이지."

좋게 말하면 개성이고, 옳게 말하면 발전이 없는 것이다.

## 30.

난 창작보다 해체에 능하다. 글쓰기나 연출 등 만들기 수업은 성적이 엉망이었지만 남이 만들어 놓은 것을 분해해서 재조립하는 편집 수업은 보통 성적이 우수했다. 한번은 희망 가득한 분위기의 뮤직비디오를 해체해서, 눈물 없이 볼 수 없는 이별의 뮤직비디오로 재조립한 적도 있다.

## 31.

쓰고 싶지 않은 이유가 서른두 가지나 되다니.

그럼에도 불구하고 지금도 쓰고 있다니. 역시 난 위선자다.

32.

꼭 해야 할 말이 아니라면 안 하는 게 상책이다. 꼭 해야 할 말이더라도 되도록 안 하는 것이 덜 피곤하다. 당분간은 기필코 쓰지 말아야겠다.

✎

훌륭한 작가님들 사이에 껴서 이토록 정성스럽게 '쓰지 말아야 함'을 피력하고 있는 꼴이 우습다. 이런 책에 깍두기로 넣어준다고 마치 어깨를 견주는 것마냥 오만해져 특유의 반골 기질이 드러나는 걸지도 모른다. 공부하고 있는데 엄마가 공부하라고 하면 공부하기 싫은 것처럼, 쓰고 있는데 쓰라고 하니까 쓰기 싫다고 생떼를 부리는지도 모른다. 그럼 그때마다 엄마는 내게 말했다.

"하지 마, 공부하지 마. 공부하기만 해. 아주 공부만 했다 봐. 너 죽고 나 죽는 거야."

그럼 난 힘내서 공부를 했고, 박차를 가했고, 우등상을 거머쥐기도 했다.

박정민

그러니 혹시라도 가끔씩 박정민의 글이 조금이라도 보고 싶은 사람이 있다면, 아주 긴밀하고 진정성 있게 속삭여주면 된다.

"너 쓰지 마. 쓰기만 해. 아주 쓰기만 했다 봐. 너 죽고 나 죽는 거야."

김 종 관

영화를 만들고 글을 쓴다.
《더 테이블》《최악의 하루》《조제》등 다수의 영화를 만들었고
지은 책으로 『나는 당신과 가까운 곳에 있습니다』
『골목 바이 골목』등이 있다.

●

나는 가장 쓰고 싶지 않은 순간을
쓰고 싶은 순간으로 만들기 위해 노력하고,
허구 속으로 달려간다.

# 꾸며진 이야기

*"이 모든 것은 실화다. 꾸며진 것들을 제외하고는."*

_《애나 만들기》

## 1. 디트로이트로 떠난 시간

서점 매대에 올려진 〈굿모닝 팝스〉 2022년 1월 호를 봤다. 20년 전쯤의 과월 호가 중고로 올려져 있는 줄 착각했으나 여전히 책은 나오고 있었다. 〈굿모닝 팝스〉는 여전히 누군가의 아침을 열어주고 있겠지만 아침 6시의 라디오는 내 삶에서 20년의 시차만큼 멀어져 있다. 내 기억에서 멀어졌을 뿐인데 세월 너머의 과거인 줄 안 것이다.

그 책을 집어 든 종로 2가 영풍문고도 20년 만에 들른 기분이었다. 내 기억보다는 한산해졌고 나이 든 손님들이 많았고 책보다는 문구류 코너와 서점 안에 입점해 있는 무인양품에 더 많은 자리를 내어주고 있었다.

계산을 기다리던 내 앞에서 책을 계산하던 노부인은 만 원짜리 책을 사기 위해 육천칠백 원이 남은 현금카드를 쓰고 백 원이 적립된 포인트 카드를 꺼내고 가방 여기저기에서 구깃해진 천 원짜리를 찾아냈다. 계산은 느리게 진행되고 있었지만 계산대의 직원은 그 긴 과정을 당연하고 익숙한 표정으로 처리한다. 나는 계산을 끝내고, 도래하는 메타버스의 세계를 소개하고 있는 대형 매대를 지나 서점을 빠져나왔다.

〈굿모닝 팝스〉에는 그달에 소개할 영화 한 편과 팝송 가사와 번역, 몇 가지 해외 이슈들과 가볍게 읽을거리들이 소개되어 있었다. 팝스 잉글리쉬 코너에 조니 미첼의 Both Sides Now 가사가 가장 먼저 실려있었다.

김종관

Rows and flows of angel hair

And ice cream castles in the air

And feather canyons everywhere

Looked at clouds that way


But now they only block the sun

They rain and snow on everyone

So many things I would have done

But clouds got in my way


I've looked at clouds from both sides now

From up and down and still somehow

It's cloud illusions I recall

I really don't know clouds at all


〈굿모닝 팝스〉 해석


끝없이 흘러내리는 천사의 머릿결과

떠다니는 아이스크림 궁전

그리고 깃털로 만들어진 수많은 계곡들

난 여태 구름을 그런 식으로 바라봤었죠


하지만 지금 바라본 구름은 태양을 가린 채

모두에게 비와 눈을 내리게 할 뿐이에요

많은 일들을 할 수 있었을 텐데

구름이 내 앞을 막아버렸죠


난 이제 구름을 양쪽에서 바라보게 됐어요

위와 아래에서 하지만 지금도

내 기억 속 구름은 환상일 뿐

구름의 실체는 도무지 모르겠어요


집으로 돌아온 나는 당연하게도 난 조니 미첼의 Both Sides
Now를 다시 들어보았다. 어느 정도 세월이 지나 리마스터
링으로 다시 부른 노래였다. 창밖 겨울 풍경에 눈을 걸고 가
사를 떠올려본다. 위키백과에 조니 미첼을 검색하자 그녀의
생애가 몇 줄로 간단하게 요약되어 있다.


김종관

**그녀는 1943년 캐나다 앨버타주의 작은 마을에서 태어났다. 피트 시거의 노래에 큰 영향을 받았다. 고등학교를 졸업한 후 토론토로 상경하여 예술을 공부했으나 임신을 하면서 그만두었다. 그녀의 보수적인 가족은 미첼의 아이를 입양 보냈다. 그녀는 1965년 미국 디트로이트로 떠났다.**

그녀의 요약된 생애는 어딘가 포크송 가사를 닮았다. 내 인생에서 '디트로이트'로 떠난 시기는 어디쯤 있을까?


## 2. 커피를 잘 내리는 K

K는 2023년 독일 베를린으로 떠날 계획을 가지고 있다. 그전까지 아마도 나는 가끔 그가 내려주는 커피를 마실 것이다.

나는 일주일에 두어 번 누하동의 작은 카페에 들려 K가 내려주는 커피를 마신다. 바 테이블에 앉아 마시게 될 때는 K와 간단히 안부를 주고받게 된다. 어느 날 그 바에 앉았을 때, K의 왼쪽 눈두덩이가 부풀어있는 것을 보았다. 상처는 안쓰러웠지만 문득 그의 젊음이 느껴지기도 했다.

- 어휴, 아프겠다.
- (미소) 괜찮아요.

조금은 수다스러울 수 있는 K와의 관계 덕분에 나는 K의 상처에 관한 근황을 들을 수 있었다. 드리퍼에 가득 담긴 원두가 뜨거운 물을 머금고 K의 눈두덩처럼 부푸는 순간부터 잔에 담긴 커피 한 잔을 마시기까지, 주변의 별다른 방해 없이 그의 이야기를 들었다.

나처럼 이 카페를 방앗간으로 알고 들르는 참새가 몇 마리 더 있는데 그녀는 퇴근 직전에 그 카페에 들르는 참새였다. 점심때 잠시 들르는 나와는 절대 만날 수 없는 시차를 지니고 있었다. 그녀에게 호감이 있던 K는 자연스레 그녀와 카페 퇴근을 함께하게 됐고 동네의 작은 바에 들러 몇 종류의 칵테일을 나눠마셨다. 연남동에 위치한 브랜드 마케팅 회사의 디자이너로 일하는 그녀는 K가 바리스타로 일하는 카페 근처에 살고 있었기 때문에 퇴근길마다 카페에 들를 수 있었다. 두 사람은 동갑내기임에도 술잔에 서로의 친밀함이 깊어진다 해서 존대를 흐트러뜨리는 경우가 없었다. 자분자분한 서울 말씨를 쓰는 그녀였지만 성인이 되기 전까지 경남 창원에서 살았고, 부산에서 대학을 졸업한 후에 서울로 직장을 잡았다.

그녀는 그가 마시는 올드패션드를 궁금해했다. 눈으로도 맛을 느끼게 해주는 화려하고 붉은 액체를 한 모금 뺏어 마셨을 때 둘은 서로의 무릎이 닿았고 이내 서로의 솔직함이 드러났다. 그가 칵테일바 옆 골목에서 담배 한 대를 피울 때도 그녀는 그의 옆에 있어줬다. 둘은 그때 처음 키스를 나눴다. 그녀는 담배 피우는 남자와는 처음 키스를 해본다고 했다. 그날 K는 그녀의 집으로 갔다. 이미 적지 않은 시간, 방앗간과 참새의 관계였기 때문에 그들은 빠른 속도로 서로의 관계를 진전시킬 수 있었다.

그녀의 집은 연립주택의 꼭대기층에 있는 작은 공간이었고 전망이 아주 좋았다. 높지 않은 건물들 덕에 북악산의 능선이 멋스럽게 보였다. 물론 그 전망은 그 집에서 맞이한 아침에 확인한 것이다. K가 그녀의 작은 침대에 몸을 구겨 넣고 그녀의 품에서 멋진 전망을 이야기할 때 즈음, 초인종 소리가 들렸다. 초인종 소리는 연달아 들렸고 K는 그녀의 예민하고 조용한 반응 때문에 그 초인종 소리가 날카롭게 느껴지기 시작했다. 그녀는 나지막한 목소리로 K에게 "잠깐만요"라고 말하고 현관문을 향해 다가갔다. 순간 현관문 너머에서 남자의 목소리가 들렸다.

- 있나?

그녀는 체념한 듯 눈을 잠시 감더니 조용한 발걸음으로 침대로 돌아왔다. 그녀의 심장소리가 K의 귓가에도 들리는 듯했다. K는 난처한 상황임을 눈치채고 조용히 그녀의 얼굴만 보고 있었다.
잠시 후 그녀의 아이폰 벨이 울렸다.

- 안에 있네. 열어라.
쿵쿵 문을 두드리는 둔중한 소리 후
- 누구랑 같이 있나?
눈을 질끈 감은 그녀는 나가보겠다는 K의 말에

김종관

– 제발요.

라며 나지막하게 남자친구가 찾아왔으니 조용히 있어달라고 부탁했다. 하지만 문을 두드리는 소리는 커졌고 곧 억센 경상도 사투리로 욕지거리가 들렸다.

– 거기 누구 같이 있나?
– 어. 있다.
– 누구랑 있는데. 남자가?
– 어….

침묵 후 그녀는 건조하고 자포자기한 말투로 그의 말에 인정했다. 문 너머의 남자는 소리를 질렀고 문을 발로 찼다. K가 남자와 대화하기 위해 문으로 다가갔지만 그녀는 한사코 남자를 말렸다.

나중에 들은 이야기로는 그녀와 문 너머의 남자는 대학교 3학년 때부터 만났다. 둘 다 창원이 고향이었고 복학생이었던 남자와 연애를 한 지는 3년 언저리가 되었다. 남자는 부산에서 직장을 다녔고 그녀는 그의 반대에도 불구하고 서울에 자리잡았다.

– 헤어지려 노력하는 중이었어요.

라고 그녀는 나중에 그에게 말했지만 문 너머의 남자는 그
리 생각하지 않았던 듯싶다.

K와 남자는 문 하나를 사이에 두고 대화가 오고 가고 큰 목
소리가 오고 가고, 곧 욕이 오고 갔다. K는 남자와 대면하려
했지만 여자가 둘 사이를 극구 말렸다. 그녀는 절대 문이 열
리는 걸 원하지 않았다.

난 커피 마시는 걸 잊고 K의 말을 듣고 있었다.

– 감독님. 제가 그때 제일 혼란스러웠던 게 뭔지 아세요?

– ?

– 그 친구가. 그 상황에서도 저하고는 자분자분하고 차분한
  서울 말씨를 쓰는데 그 남자하고는 사투리를 쓰더라고요.
  그 남자랑 문 하나를 사이에 두고 그렇게 무뚝뚝한 사투리
  로 어르고 싸우고 고함지르다가 나랑 이야기할 때는 전혀
  다른 말투를 쓰니까….

– 가라 쫌. 전화하께.

– 죄송한데 잠시만 그냥 있어주세요.


– 미안한데, 무서워서 지금은 몬 연다.

– 미안해요. 지금은 할 말이 없네요.


– 가주면 안되겠나 제발.


그녀는 문 하나를 두고 양쪽에 있는 남자에게 다른 호흡과 다른 말투와 다른 억양을 썼다. 그녀는 붕괴 직전이었다.


한참의 실랑이 후, K도 복받치는 마음에 현관문을 열려고 했다. 그녀가 그의 손을 잡고 마지막으로 말렸다.


– 제발 부탁할게요. 문 열면 어찌 될지 몰라요. 저 사람 성격 에 크게 다쳐요.

– 다쳐도 상관없어요. 문 열게 해줘요.

– 그러지 마요 쫌. 그리고… 저 사람 복싱했어요.

– 아?

K가 잠시 망설이는 순간, 현관 도어락에 비밀번호를 누르는 소리가 들렸다. K와 그녀가 멍하니 현관문을 바라보고 있었고 비번은 틀렸는지 문은 다행스럽게도 열리지 않았다. 하지만 문 너머의 남자는 비밀번호를 누르는 시도를 계속했다.

- 혹시 저 사람 현관 번호를 알까요?
- 아뇨. 몰라요.

K가 다시 한번 다행이라는 마음이 드는 순간 문 너머에서는 비밀번호를 누르는 소리가 다시 들렸다. 그리고 그 시도는 틀리지 않았다. 문은 열렸고 K는 그 남자의 얼굴을 보았다.

- 아이고. 싸운 건 아니고?
- 전 비폭력주의자라.

K는 해맑게 웃었다. 다른 손님이 들어온 탓에 우리는 이야기를 이어갈 수 없었다. 다른 손님은 볕이 없는 날씨와 어울리지 않게 선글라스를 낀 여자였다. 그녀는 혼자 테이블에

앉았고 나는 처음으로 그가 내려준 커피를 남기고 자리에서 일어났다.


## 3. 랭보


두 여자의 대화가 오고 가고 있다.


— 오는 길에 차 안 막혔니?

— 아니. 엄마는 어떻게 왔어?

— 응. 나 필립이 데려다줬어.

— 그 아저씨 이름이 필립이야?

— 응. (웃는다.)

— 엄만 언제 들어왔어?

— 나 몇 달 됐어.

— 스위스에 있었다고 했나?

— 아니. 핀란드. 바싹 좋은 계절 지나니까 견딜 수가 없더라. 자꾸 마인드가 허약해지는 기분이라. 우울증 걸릴 뻔했어, 얘.

- 엄마도 우울증 같은 거 걸려?
- 무슨 소리야 애는. 사람이 그 고독함을 어떻게 이겨. 넌 연
  애 안 하니?
- 여유가 없네.
- 사람이 여유 가지고 연애하는 거니? 너처럼 어린애가 왜
  그렇게 퍼석하게 살아? 엔조이하면서 라이프를 즐길 수
  있는 나이인데. 넌 너무 늙은이 같아. 우리가 나이를 서로
  바꿀 수 있으면 참 좋을 텐데.

대사 쓰는 건 항상 어렵다. 그럭저럭 잘 써질 때도 있지만 망
칠 때도 많다. 다만 아쉬운 건 망쳤다는 것을 현장에서 알 때
가 있다는 것이다. 그래도 시나리오 대사 장면을 쓰는데 있
어 몇 가지 요령들이 있다.(그 요령이란 게 나의 한계가 될 수도
있지만.) 위의 대화 장면은 그중 세 가지 정도의 요령이 들어
가 있다.

첫째, 배우들의 입에 붙을 수 있는 대사를 쓴다.(내가 쓴 대사
가 배우들 입에 아주 잘 붙는 대사라는 뜻은 아니다. 그걸 촬영 현장
에서 알아채지 않기를 바란다.)

김종관

둘째, 다짜고짜 모르는 등장인물들이 대사를 이어간다 하더라도 그 잠시의 사건만으로 그들의 사정을 궁금해하고 추측하게 한다. 명확하지는 않지만 그들은 어떤 관계이며 어떤 전사가 숨어있고 서로를 어떻게 생각하고 있는지가 드러난다.

셋째, 뭔가 막힌다 싶으면 캐릭터에 침입자 플롯을 이용한다. 예상치 못한 등장일 수도 있고 껄끄러운 만남일 수도 있다. 마음을 어지럽히는 인물이 나타나는 관찰대상이 나타나고 관찰자는 그로부터 스스로를 방어해 나간다.

그렇게 침입자의 플롯으로 위에 예시한 엄마와 딸의 대화를 쓰고 있을 때 내 눈앞에도 침입자가 등장했다.
- 감독님 안녕하세요?

마르고 키 큰 남자가 턱 끝에 닿았던 앞머리를 고갯짓만으로 넘기며 내 앞자리에 앉았고 후라보노 향을 풍기며 말을 걸었다. 작업하겠다고 카페에 앉아 노트북은 펴놓았지만 일을 하지 않는 나를 눈치챈 것일까.

그는 내 영화 두 편을 봤다는 이야기와 (재밌다거나 좋다고는 하지 않았다) 유튜브로 봤던 인터뷰가 인상깊었다는 이야기와 내가 영화 만들기와 관련한 인터넷 수업을 진행하는 광고를 봤다는 이야기를 했다. 자기는 특별히 돈을 벌고 있는 상태가 아니라서 수업에 관심이 있지만 듣지는 못하고 있다고 했고 영화를 만들어 볼 생각이 있는데….

- 영화를 만들어볼 생각이 있는데 어떻게 해야 될지 모르겠어요. 제가 제도권의 교육을 좀 믿지 않는 것도 있고…뭔가를 길게 배우기에는 나이도 약간 있고요.
- 그럼 작은 영화 현장에서 먼저 영화 찍는 것을 보는 건 어때요? 뭔가 자극이 될 거 같기도 한데. 저도 영화 시작하기 전에 그랬던 경험이 있거든요.
- 전 경험이 있어요 이미. 영화 찍는 걸 배우고 싶어서… 단편영화 오디션을 봤거든요. 주인공이 돼서 촬영 현장을 경험해 봤어요.
- (미소) 어떤 역할을 했어요?

- 다른 여배우도 주연이었는데 그 여배우의 죽은 남자친구

김종관

였어요. 크게 연기할 건 없었고. 그냥 하얀 팬티만 입은 맨몸에 여기저기 피를 바르고… 죽은 여자친구의 침대 맡에서 여자친구를 바라본다던가 혼자 밤길을 걷는다던가 빌딩 옥상에 서 있다던가… 밤길 걷는 장면은 정말 난감하긴 했어요. 카메라나 스텝들이 숨어서 저를 찍었거든요. 지나는 사람들은 제가 촬영하고 있다는 것을 몰라서… 참으로 난감했네요. 좋은 경험이기는 했는데 뭘 많이 배운 거 같지는 않아요. 그래도 제가 시나리오라는 걸 좀 써보고 있는데. 감독님 한번 봐주실 수 있어요? 엄청 짧아서. 부담스럽지 않으실 거예요.

그의 말처럼 시나리오는 매우 짧았지만 부담스러운 상황은 있었다. 시나리오라며 지갑에서 작은 껌종이를 꺼냈는데 그 안에 단 세 문장이 쓰여있었다.

"루의 한쪽 눈은 어느 날부터인가 그의 지난날을 보여주기 시작했다. 루는 현재의 연인과 과거의 연인을 동시에 만나기도 했다. 루는 결국 과거의 연인에게 진실하기 위해 현재의 연인에게 거짓말을 했다."

우선 그 작은 껌종이에 이 작은 글자들을 새겨넣을 수 있다는 것에 놀랐고, 펜글씨의 얇은 두께에 또 한번 놀랐다. 언젠가 헤밍웨이의 세 줄짜리 소설을 읽은 기억이 떠오르기도 했다. 창백하고 마른 그의 얼굴이 랭보로 보이기 시작했다. 그리고 주인공 이름은 도대체 왜 루일까?

랭보는 조심스레 내 의견을 기다리고 있었다. 우선 무슨 의견을 전할 수 있을까. 그가 디트로이트로 떠날 수 있게 내가 한몫을 할 수 있을지.

- 궁금한 게… 시나리오에 제목이 없네요. 전 항상 제목이 중요하다고 생각이 되는데.
- 음, 제목이 뭘까요?

## 4. 아이스크림 궁전

내 인생의 첫 시나리오는 껌종이에 쓰인 것만큼 대단치 못했다. 스무 살 무렵에 썼던 걸로 기억한다. 그 시나리오는 아직 만들어지지도 못했다. 내 시나리오는 비 오는 어느 밤, 가난한 주택가들이 모여있는 좁은 골목에서 시작한다.

비가 많이 오는 날 그 좁은 골목에 다섯 살의 남자아이와 엄마가 서 있다. 맨발의 엄마는 비를 맞으며 물이 범람하는 골목 끝 하수구 옆에 서 있었고 아이는 엄마의 신발을 구하기 위해 집으로 다시 들어갔다. 신발을 들고 돌아온 아이는 엄마가 사라진 것을 알고 하수구에 소용돌이를 본다. 엄마가 그 소용돌이로 빠졌다고 생각한 아이는 하수구로 기어들어가고 그 안에서 엄마를 찾기 위한 모험을 시작한다.

제목은 '하수구 소년'이었다.

그 시나리오의 대부분은 허구였지만 몇 가지의 사실에 근거해 있다. 비가 많이 오는 날 아이의 부모는 크게 싸웠다. 마당의 수도와 화장실을 공유하고 부엌도 없는 작은 방 하나에 세 들어 사는 세 식구는 주인집 눈치를 보느라 평소에는 조용했다. 하지만 술에 취한 남자는 가끔 큰소리를 냈다. 가난은 천성과 다르게 남자를 난폭하게 만들었다. 여자는 술

취한 남자에게 뺨을 맞았고 맨발인 채로 비 오는 골목으로 뛰쳐나왔다. 다섯 살 아이도 엄마를 따라 뛰어나왔다. 맨발의 여자는 아들에게 신발을 가져다 달라고 했다. 아이는 곧장 마당으로 뛰어들어 갔는데, 방문이 열려있고 남자는 그 사이 이미 잠들어있었다. 아이는 엄마의 슬리퍼는 잊고 잠시 방으로 들어갔다. 그리고 흑백 텔레비전을 켰다. 자정이 넘어 나오는 채널은 없었다. 아이는 멍하니 텔레비전을 보았다. 엄마에게 신발을 가져다줘야 했지만 아무 전파도 잡히지 않는 텔레비전과 잠시 작별인사를 하고 싶었는지 모른다. 그 텔레비전은 아빠가 그에게 구해준 유일한 선물이었다. 텔레비전의 소음은 남자를 깨웠다. 남자는 아이의 뺨을 때렸고 아이는 그제서야 엄마의 슬리퍼를 들고 골목으로 나갔다. 폭우가 쏟아지고 있었고 여자는 그 자리에 없었다. 아이는 소용돌이치는 하수구에 엄마가 빠져 죽었다고 생각했다. 이튿날 여자가 돌아오기까지 아이는 엄마의 죽음을 단정했고 하수구 속에서 엄마를 구출하는 상상을 했다.

나의 어린 시절은 대부분 태양이 가려진 구름 밑에 있었다. 대신 머릿속에서 끊임없이 아이스크림 궁전을 만들었다. 내가 노스탤지어에 빠지는 순간은 대부분 그 아이스크림 궁전을 떠올릴 때다. 흑백의 텔레비전 속에서 만들어지던, 라디오에서 들리던 노래가, 어둠 속 극장 안에서, 내가 만들어냈던 상상 속에서, 그곳에서 만났던 존재하지 않던 세계들이 대부분 좋은 추억들이 되었다.

## 5. 근황

K는 베를린으로 떠날 준비를 차근차근하고 있고 그를 혼란스럽게 했던 그녀와의 연애를 당분간 이어가고 있다. 필립은 다른 여자가 생겼고 딸을 만난 엄마는 필립에게 받은 위자료로 다시 딸의 아버지에게 돌아갈 예정이다. 랭보는 껌종이 시나리오를 발전시켜 나의 메일로 A4 열 페이지 분량의 시나리오를 보내왔다. 그의 이야기 속에서 루의 삶은 흥미진진해지고 있다.

나는 산책 속에서 종종 존재한 적 없던 그들과 만난다. 농담 속에 숨어버린 깊은 한숨처럼 그들은 더 이상 아이스크림 궁전에 살지 않는다.

김종관

나는 가장 쓰고 싶지 않은 순간을 쓰고 싶은 순간으로 만들기 위해 노력하고, 허구 속으로 달려간다. 꾸며진 이야기를 좇고 있지만 그 이야기를 하기 위해서는 결국 소용돌이치는 하수구를 떠올려야 한다.

그렇게 나의 한쪽 눈은 지나간 날들을 보고 있다. 마치 루쳐럼. 이런….

- 이 모든 것은 꾸며진 이야기다. 몇 가지의 사실을 제외하고는.

백 세 희

읽고 쓰는 사람. 떡볶이와 강아지를 끼고 산다.
『죽고 싶지만 떡볶이는 먹고 싶어』 등을 썼다.

●

내게 창작은 무리하기와 마무리하기다.

잘 쓰지 못할까 봐, 인정받지 못할 거라는 두려움에

쓰기를 미루는 나를 채찍질하며

에너지를 무리하게 소진하고

거기서 오는 불안을 에너지 삼아

결국 마무리해 내는 것.

# 무리하기,
# (마)무리하기

글을 쓰려고 외출했다가 헌책방에 들렀다. 새로 들어온 도서 칸에 최민석 작가의 『베를린 일기』가 있었다. 제목 그대로 작가가 베를린에서 90일 동안 쓴 일기였다. 프롤로그가 재미있었다. 일기를 읽기 전에 이해해야 할 것이 네 가지 있다는 것이다. 그중 두 가지가 내 눈에 들어왔다.

나는 천성부터 게으르다.
나는 고독했다.*

마지막 줄은 '그 외에는 그냥 읽으면 된다'로 끝난다.

다른 사람이 쓴 재밌는 글을 따라 쓴 뒤 내 생각으로 이어가는 걸 좋아한다. 지금부터 마감을 앞둔 일상을 쓰려고 한다. 최민석 작가의 말처럼 이해까지는 아니지만, 읽기 전에 알아두면 좋을 주의사항이 있다.

나는 게으르다.
자기혐오가 심하다.
타인 의식이 강하다.
그리고 이 글엔 이 모든 면이 고스란히 담겨있다.

괜찮다면 그냥 읽으면 된다.

## 오늘은 써야 하는데

이 시기엔 생각과 행동의 비중이 대략 5 : 5 정도로 구성된다. 그래서 아주 작은 사건 뒤에도 생각이 잔뜩 따라붙는다는 걸 알아주면 좋겠다. (생각은 기울임체로 바꿔두었다.)

읽고 쓰는 사람들의 일상을 보는 걸 좋아한다. 그들의 하루가 어땠는지 궁금하다. 몇 시에 일어나서 몇 시에 자는지, 뭘 먹고 누구를 만나는지, 글은 언제 얼마나 어떻게 쓰며 무슨 생각을 하는지. 재밌는 사건은 없었는지. 그래서 에세이를 좋아하나 보다. 다행히 내가 좋아하는 작가들은 책이나 SNS를 통해 본인의 일상을 공유하는 경우가 많다.

마감을 코앞에 둔 오늘, 그러니까 '오늘부터는 진짜 써야 해'의 날이 왔다. 겨우 일어나 강아지들의 밥을 준 뒤 부엌 식탁에 앉아 아무 책이나 잡고 펼쳤다. 눈에 들어온 장면은 저자가 매일 자전거를 타고 작업실로 출근할 때 듣는 음악에 관해 쓴 글이었다.

*잠깐만. 이렇게 밥을 먹고 잠을 자듯 당연하게 작업실로 간다고? 따로 구해놓은 작업실도 있고? 회사도 아닌데 늘 같은 시간에 자신의 의지로 출근을… 정말 부지런하시네. 나는 떡 잎부터 글러먹었어.*

조용히 책을 덮고 인스타그램 앱을 켰다. 팔로우해둔 작가의 피드가 눈에 들어왔다. 새벽 다섯 시에 일어나서 커피를 내려 마신 뒤 책상에 앉아 글을 쓰기 시작했다…는 글을 읽으며 다급히 앱을 껐다.

　*새벽 다섯 시에 일어난다고? 그때 자는 게 아니라?(내 이야기) 역시 너만 게으른 거였어. 도대체 몇 시간을 자는 거야. 불면증 맞아? 그러면서 무슨 글을 쓴다고. 아, 정말 쓰기 싫다.*

　일어난 지 10분 만에 울고 싶은 마음이 되었다. 겨우 마음을 다잡으며 작업실로 들어갔다.(말이 좋아 작업실이지 종일 누워만 있는 방이다.) 창문 아래에 놓인 책상은 누가 봐도 관상용이다. 작업하는 사람의 책상이라기엔 지나치게 깔끔하고… 사람의 흔적이 거의 느껴지지 않는다. 마지막으로 의자에 앉은 게 언제더라. 최상의 작업환경을 만들겠다며 중요한 책과 노트, 편지 등을 각 잡아서 배치하고 좋아하는 글귀는 직접 써서 눈에 닿는 벽마다 잔뜩 붙여두었는데. 그 모습 그대로, 완벽하게 보존되고 있구나.


　블라인드 사이로 들어온 햇빛이 책상 위에 내려앉고 쌓인 먼지가 눈에 띈다. 한숨이 나왔다. 겨우 빠져나온 침대로 다시 점프해 버렸다. 책상과는 다르게 내 흔적이 가득한 공간이다. 사각거리는 호텔 침구와 보드라운 바디필로우. 눈이 편안한 조명과 가습기. 협탁 위에는 한 뭉텅이의 책. 누우면 바로 볼 수 있게 머리맡에 둔 아이패드 거치대와 전기요까지… 친구들은 여기를 블랙홀이라고 부른다. 너무 아늑해서 마치 빨려드는 기분이라고. 한번 누우면 누구라도 쉽사리 일어나기 힘들 거라고 했다.

*맞아. 아무래도 침대를 치우는 게 좋겠어. 계속 눕게 되잖아. 치우면 글을 쓰려나. 똑같으면 어떡하지? 아무튼 글 잘 쓰는 사람들이 새벽에 일어나서 작업실로 출근하고, 성실하기까지 한 건 너무하잖아. 나와 일하는 사람들은 날 욕하고 있겠지? 내 평판은 땅에 떨어졌을 거고 이제 아무도 날 찾지 않으리라. 그래, 절필해야겠다. 절필이 뭐야, 그냥 죽는 게 낫겠어.*

생각이 여기까지 흘러가면 답이 없어진다. 보통은 이러고 다시 자버리곤 하는데 더는 미룰 수 없는 '오늘은 진짜 써야 해' 날이니까… 겨우겨우 마음을 다잡으며 침대에서 일어났다. 거짓말 아니고 진짜 울면서 나왔다.


거울을 보니 퉁퉁 부은 얼굴과 산발이 된 머리, 꼬질꼬질한 잠옷을 입은 삼십대 여성이 보인다. 일단 씻어야겠다. 씻으면 개운해질 거고 그러면 쓰고 싶은 마음이 샘솟고 글도 잘 써질 거야. 앉으면 바로 쓸 수 있도록 넓은 식탁 위에 노트북을 펼친 채 한글창을 띄웠다. 책과 노트, 펜도 세팅해 놓고 화장실로 들어갔다.

머리에 물을 흠뻑 적시며 생각한다.

*뭘 쓰면 좋을까? 뭘 써야 할지 모르겠다는 이야기를 써야 하나? 그런데 정말 왜 이렇게 못 쓰겠지? 정신과 약을 너무 많이 먹어서 뇌가 고장 났나?*

아무 말도 하고 있지 않지만, 머릿속은 싸움이라도 난 것처럼 시끄럽고 치열하다.

머리와 몸을 깨끗하게 헹군 뒤 몸을 닦고 얼굴에 수분크림, 젖은 머리에는 단백질 에센스를 듬뿍 발랐다. 몸에 로션을 바르면서 쇄골 주변, 림프, 다리 등을 정성껏 마사지했다. 나를 챙겨주고 대접해 주는 기분이 들어서 기분이 조금 좋아졌다. 자. 그럼 이제 글 쓰러 가볼까? 아, 머리 말리는 걸 깜빡했네. 다시 화장실로 돌아가 아주 천천히 머리를 말린 뒤 빨아놓은 잠옷을 입으니 꽤 상쾌하다. 이제 쓸 수 있을 거 같아. 식탁 의자에 앉았다.

오늘 쓸 수 있을까? 아니. 무조건 써야 해. 근데 따뜻하고 좋네. 뜨거운 물로 씻을 수 있다는 건 정말 축복이야. 할머니 말처럼 화장실이 집 안에 있다는 거 자체가 대박이지. 이상하다. 무언가를 쓰고 있기는 한데, 전부 구리다. 문장 하나하나 건질 게 없어. 일단 많이 쓴 다음에 고치고 걸러내야 하지만, 그러면서도 쓴 문장들이 다 내 새끼들 같아서 아깝다. 지우기가 아까우니까 쓰는 것에도 신중해지는데, 누군가가 마치 "쓰지 마!" 하면서 손을 묶어버리는 것 같다. 왜 이러지? 그래도 일단 쓰자. 몇 줄이라도.

머리 안을 윙윙거리는 말들을 무시한 채로 키보드를 친다.

※ 이 부분은 그냥 넘어가도 무방함

쓰고 싶지 않다. 쓰고 싶지 않다. 쓰고 싶지 않다. 쓰고 싶지 않다. 쓰고 싶지 않다. 쓰고 싶지 않다. 쓰고 싶지 않다. 쓰

고 싶지 않다. 쓰고 싶지 않다. 쓰고 싶지 않다. 쓰고 싶지 않
다. 쓰고 싶지 않다. 쓰고 싶지 않다. 쓰고 싶지 않다. 쓰고 싶
지 않다. 쓰고 싶지 않다. 쓰고 싶지 않다. 쓰고 싶지 않다. 쓰
고 싶지 않다. 쓰고 싶지 않다. 쓰고 싶지 않다. 쓰고 싶지 않
다. 쓰고 싶지 않다. 쓰고 싶지 않다. 쓰고 싶지 않다. 쓰고 싶
지 않다. 쓰고 싶지 않다. 쓰고 싶지 않다. 쓰고 싶지 않다. 쓰
고 싶지 않다. 쓰고 싶지 않다. 쓰고 싶지 않다. 쓰고 싶지 않
다. 쓰고 싶지 않다. 쓰고 싶지 않다. 쓰고 싶지 않다. 쓰고 싶
지 않다. 쓰고 싶지 않다. 쓰고 싶지 않다. 쓰고 싶지 않다. 쓰
고 싶지 않다. 쓰고 싶지 않다. 쓰고 싶지 않다. 쓰고 싶지 않
다. 쓰고 싶지 않다. 쓰고 싶지 않다. 쓰고 싶지 않다. 쓰고 싶
다. 쓰고 싶지 않다. 쓰고 싶지 않다. 쓰고 싶지 않다. 쓰고 싶
지 않다. 쓰고 싶지 않다. 쓰고 싶지 않다. 쓰고 싶지 않다. 쓰
고 싶지 않다. 쓰고 싶지 않다. 쓰고 싶지 않다. 쓰고 싶지 않
다. 쓰고 싶지 않다. 쓰고 싶지 않다. 쓰고 싶지 않다. 쓰고 싶
지 않다. 쓰고 싶지 않다. 쓰고 싶다. 쓰고 싶지 않다. 쓰고 싶
지 않다. 쓰고 싶지 않다. 쓰고 싶지 않다. 쓰고 싶지 않다. 쓰
고 싶지 않다. 쓰고 싶지 않다. 쓰고 싶지 않다. 쓰고 싶지 않
다. 쓰고 싶지 않다. 쓰고 싶지 않다. 잘 쓰고 싶다. 쓰고 싶지

않다. 쓰고 싶지 않다. 쓰고 싶지 않다. 쓰고 싶지 않다. 잘 쓰고 싶다. 잘 쓰고 싶다. 잘 쓰고 싶다. 잘 쓰고 싶다. 잘 쓰고 싶다. 쓰고 싶지 않다. 쓰고 싶지 않다. 쓰고 싶지 않다. 쓰고 싶지 않다. 쓰고 싶지 않다. 쓰고 싶지 않다. 쓰고 싶다. 잘 쓰고 싶다. 쓰고 싶지 않다. 쓰고 싶지 않다. 쓰고 싶지 않다. 쓰고 싶지 않다. 쓰고 싶지 않다. 쓰고 싶지 않다. 쓰고 싶지 않다. 쓰고 싶지 않다. 쓰고 싶지 않다. 잘 쓰고 싶다. 잘 쓰고 싶다. 진짜 잘 쓰고 싶다. 쓰고 싶지 않다. 쓰고 싶지 않다. 엄청 쓰고 싶지 않다. 쓰고 싶지 않다. 쓰고 싶지 않다. 쓰고 싶지 않다. 쓰고 싶지 않다. 쓰고 싶지 않다. 쓰고 싶지 않다. 쓰고 싶지 않다. 쓰고 싶지 않다. 쓰고 싶지 않다. 사실 잘 쓰고 싶다. 엄청 잘 쓰고 싶다. 쓰고 싶다. 쓰고 싶지 않다. 쓰고 싶지 않다. 쓰고 싶지 않다. 쓰고 싶지 않다. 쓰고 싶지 않다. 쓰고 싶지 않다. 쓰고 싶지 않다. 쓰고 싶지 않다. 쓰고 싶지 않다. 쓰고 싶지 않다. 쓰고 싶지 않다. 쓰고 싶지 않다. 쓰고 싶지 않다. 쓰고 싶지 않다. 쓰고 싶지 않다. 잘 쓰고 싶다. 잘 쓰고 싶다. 잘 쓰고 싶다. 잘 쓰고 싶다. 쓰고 싶다. 쓰고 싶지 않다. 쓰고 싶지 않다. 쓰고 싶지 않다. 쓰고 싶지 않다. 쓰고 싶지 않다. 쓰고 싶지 않다. 쓰고 싶지 않다. 쓰고 싶지 않다. 쓰고 싶지 않다. 쓰고 싶지 않다.

최선을 다하고 싶어서 컨트롤 씨와 컨트롤 브이를 쓰지 않고 한 글자 한 글자 직접 쳤다. 마음 같아서는 먹지를 쓰던 시절처럼 연필로 A4 용지를 전부 채우고 싶다.(인증할 수도 있다.) 이 페이지를 펼친 누군가가 의미 없이 반복되는 저 '쓰고 싶지 않다'를 읽고 싶지 않을 만큼 나도 정말 쓰고 싶지 않다.

*도대체 왜 그 정도로 쓰기 싫은 건데? 아니, 애초에 그럼 왜 쓴다고 했는데?*

시간은 2021년 가을로 거슬러 올라간다. 그즈음 난 물이 들어올 때 노를 힘껏 저어야 한다는 생각에 사로잡혀 있었다. '기회를 놓치면 잊힐 거야.' '돈을 벌지 못하면 다시 회사에 다녀야 해.(절대 싫어.)' 그래서 들어오는 일은 마다하지 않고 다 했다. 일정을 꼼꼼하게 따져보지도 않은 채 대강 어림짐작으로, 마감일만 주어진다면 미래의 내가 해낼 것이라는 어림 반 푼어치도 없는 믿음으로. 물론 나를 믿은 건 어리석은 짓이었고 해야 할 일은 바윗돌처럼 나를 짓눌러서 꼼짝도 못 하게 됐다. 그 후로는 미팅이 잡힐 때마다 "이번엔

백세희

진짜 안 할 거야. 하고 싶어도 시간이 안 돼서 못해"를 룸메이트에게 외치며 집을 나섰고, 들어올 때 "하기로 했어. 들어보니 기획이 참 좋더라"라고 말하곤 했다. 이 책도 그렇게 계약했다. 이렇게 글쓰기는 내게 지겨움, 스트레스, 자기혐오와 동시에 즐거움과 흥미, 관심, 열정을 동시에 준다.(주는 거 맞지?)

슬슬 해가 지고 있다. 강아지들 밥을 주고 산책하러 가야할 시간. 운동복과 롱패딩까지 챙겨 입은 뒤 강아지 네 마리를 차 뒤에 태웠다. 마감에 찌든 (쓴 게 없는데?) 날 위해 친구가 함께 산책을 가주기로 했다. 고마운 내 친구. 우리는 아무도 없는 시골의 논밭 사잇길을 강아지들과 가볍게 뛰기 시작했다. 요즘 일상의 유일한 낙은 이 시간이다. 가로등 불빛만 드문드문 비추는 캄캄한 땅에서 별이 많은 하늘을 보면서 달리기. 생각은 여전히 비워지지 않지만 강아지들과 함께 뛰는 순간만큼은 자유롭다. 델리스파이스의 '항상 엔진을 켜둘게'를 들으며 친구와 대화를 나눈다. 당연히 글 이야기였다. 내가 어떤 글을 써야 하는지 설명하고, 어떤 내용을 쓰고 싶었는지를 말하고. 아무리 천천히 뛴다지만 쉴 틈 없이 말을 하다 보니 숨이 차기 시작했고 친구는 잠시 멈춘 채 내게 물었다.

"야, 그렇게 쓰면 안 되는 거야?"

"뭐가?"

"아니, 네가 방금 말한 거 쓰라고 하니까 설명적이라서 안 된다고 하고, 그럼 저번에 했던 이야기 쓰라고 하니까 너무 자기연민이 심하다고 하고. 뭐, 다 안 된다고 하길래. 설명적으로 쓰면 안 되는 거야? 그리고 솔직하게 쓰다 보면 자기연민 드러날 수도 있는 거 아냐?"

"어? 그게 아니라…."

나는 친구의 이야기를 듣고 잠시 멈칫했다가, 급히 스마트폰 녹음기를 들이밀고 재생 버튼을 눌렀다.

"방금 말한 이야기 그대로 다시 해줘! 나 또 까먹는다!"

자주 있는 일이라 친구는 당황하지도 않고 했던 이야기를 다시 들려준다.

## 엄청 잘 쓰고 싶어서

내 안에 좋은 글의 기준이 너무나 많아져 있었다.

이렇게 쓰면 지루해.

비유가 별로야.

자꾸 설명하려고 하지 마. 상황을 보여줘.

자기 비하하는 내용 좀 그만 써.

너 이야기 그만하고 타인으로 좀 확장해 봐.

읽는 사람을 생각하면서 써야지. 일기 쓰나?

틀린 말은 하나도 없지만, 내가 타인의 지적과 평가에 얼마나 연약한 사람인지를 잠시 잊고 있었다. 학부 시절에 시로 가루가 될 정도로 까이고는 시 쓰기를 바로 포기해 버리고, 소설도 마찬가지였던 나. 부족한 점만 받아들이고 나아가면 되는데, '부족한 점⇨망한 나'로 향하는 극단적인 사고 회로 때문에 밟으면 잡초처럼 살아나는 게 아니라 그대로 죽어버리곤 했다. 그렇게 졸업하자마자 취업했고 업무로받는 평가는 창작과는 조금 벗어나 있었기에 '내가 쓴 글'에 대한 평가에 좀 무뎌졌던 거 같다. 생각해 보니 직장 다니며 했던 글쓰기 모임에서의 규칙도 '서로의 글 지적하지 않기'였고 소설 수업을 들으러 갔을 때도 지적을 받은 후 다시는 가지 않았었네… 뭔 자존심이야.

그러다가 뜬금없이 첫 책이 베스트셀러가 되면서 무차별 평가(?)를 받게 됐다. 책 소재 자체의 호불호도 심했고 글에 관한 평가도 워낙 많다 보니 상처와 더불어 열등감이 생겨났다.

그래서 책을 더, 더 많이 읽었다. 제일 많이 읽었던 해는 120권을 읽었다. 많이 읽고 내 글의 부족한 점을 발견하고 나아갈 수 있다면 더할 나위 없이 좋을 것이다. 인정받고 싶은 마음도 자연스러운 거고. 중요한 건 이때 너무 많은 책을 읽었고 너무 적게 썼다…는 점이다.

세상에 좋은 책이 너무 많다 보니 자꾸만 기가 죽었다. 그러다 보니 '어떻게 이런 생각을 하지, 너무 재밌어!' 감탄하며 읽던 나는 사라지고 분석하고 평가하기 시작했다. 독서의 즐거움이 사라진 거다. 마음에 드는 문장 하나만 발견해도 그 작가의 장점이나 특징이 전부 스며들면서(영향 잘 받

음) 점점 내 손을 묶기 시작했다.

인정받고 싶어서.
욕먹기 싫어서.

'그러려면 이렇게 써야 해'라는 기준치가 끝없이 높아졌고 결국 아무것도 쓸 수 없는 나만 남아버린 거다. 아니지. 정확히는 친구와 나와 강아지 네 마리만 이 캄캄한 광야에 남았다….

친구와 달리기를 끝내고 각자의 집으로 돌아갔다. 확실히 마감을 못 했으니 집에 들어오자마자 스트레스를 받는군. 집에서 쓰니까 그런 거야. 역시 작업실을 따로 만들어야 하는 건가?

식탁 위에 시커먼 화면의 노트북이 놓여있다. 키보드 하나만 건드려도 창이 켜질 테지만 누르지 않고 옷을 갈아입었다.

*네가 무슨… 헤밍웨이야? 뭐 얼마나 대단한 글을 쓰겠다고 이 난리야. 그냥 써. 그냥. 제발!*

쇼룸 속 가구 같은 책상을 지나 다시 침대에 누웠다. 뭔가 쓸 수 있을 것 같으면서도 못 쓸 것 같은 이상한 기분과 종일 나를 채찍질했지만 결국 아무것도 쓰지 않았다는 자괴감에 블랙홀로 빠져들었다. 잠들었다.

## 전부와 전무

드디어 '오늘부터는 진짜 써야 해'가 아니라 '안 쓰면 너 죽어(마감)'의 날이 왔다. 안 쓸 거면 편하게 쉬든가, 편하게 못 쓸 거면 쓰든가! 둘 중 아무것도 못 하면서 무서워서 인스타그램도 안 들어가고 (편집자가 '마감은 안 하고 인스타그램 할 정신은 있나 보지?' 할까 봐 무서워서) 메일함도 확인하지 못한 채 끙끙 앓았다. 보다 못한 친구가 나를 억지로 끌어내 망원동의 한 책방으로 데려갔다. '고민 수다방'이라는 하루짜리 짧은 모임이었다.

처음 보는 사람들과 책상 하나를 두고 앉아 맥주를 마시며 내가 아니라 친구의 이야기인 척 고민을 말하고 편하게

대화하는 자리였다. 서점 사장님부터 시계방향으로 고민을
털어놓기로 했다. 사람들의 고민은 익숙하면서도 재밌었다.
친구(사실 제가)가 술에 취하면 필름이 끊겨요. 친구가(제가)
낯을 많이 가려서 힘들어요. 나는 무슨 고민을 말하고 싶었
더라. 고민이 너무 많아서 고민이라는 말을 하고 싶었던 거
같다. 이어서 친구 차례가 왔다.

"제 친구는 창작하는 일을 하는데요, 제가 볼 땐 친구가
일하지 않는다고 생각하지 않거든요? 자나 깨나 일 생각만
하는데 결과물을 만들어내기 전까지는 자기가 아무것도 안
했다고 생각해요. 그냥 게으르고 놀기만 한다고요. 한 달로
치면 28일 동안 아무것도 안 하고 3일 동안만 했다고 자기
가 너무 게으르다는 거예요. 저는 그 시간도 과정이라고 생
각하거든요."

나는 내 이야기를 하는 친구를 보며 부끄럽고 수치스러웠
다. 28일 동안 안 쓴 거 맞잖아…? 남들은 매일 쓰는데 안 한
거 맞잖아….

그리고 서점 사장님이 말했다.

"창작은 전부 아니면 전무라고 하잖아요.(처음 듣는 말이었다.) 물이 끓어서 기체가 되는 것처럼 임계점에 도달하지 않은 창작물은 아무도 모르는 거 같아요. 중요한 건 계속 끓고 있다는 거죠. 물론 마감일을 정하고 관리하는 건 필요하다고 생각해요. 작가가 있으면 편집자도 있는 것처럼요."

'혹시 천재이신가요?' 무릎을 치며 재빨리 메모했다. 친구는 자기가 친구한테 하고 싶은 말이 바로 그거였다고 말했다. 사장님은 "아, 진짜 친구 이야기였어요? 본인 이야기인 줄"이라고 말했지만.


그날 오랜만에 술을 적당히 마셨고(마감 못 했다는 죄책감에 술까지 안 마시고 있었다) 모임이 끝나고 나왔을 땐 눈이 펑펑 오고 있었다. 친구는 눈이 쌓인 차 보닛 위에 '행복하세요'라고 적었다. 오랜만에 깔깔 웃으며 사진을 찍었다.

다음 날 급히 휘갈긴 메모의 흐름이 어색해서 사장님께 연락한 뒤 풀워딩을 받아내고, 글에 싣는 것까지 허락받았다.


그리고 지금 이 글을 쓰고 있다. 쓰지 않은 날들만 잔뜩 늘어놓았지만 이게 진실인 걸 어떡하나. 잘 쓰고 싶은 마음에 오히려 쓸 수가 없었는걸. 잘 쓰고 싶은 마음에 '벼락치기는 나쁜 거야'라고 또 검열하면서. 벼락치기라도 해서 마감을 지켜야지. 바보야.

사장님은 창작이 전무와 전부라고 했고 내게 창작은 무리하기와 마무리하기다. 잘 쓰지 못할까 봐, 인정받지 못할 거라는 두려움에 쓰기를 미루는 나를 채찍질하며 에너지를 무리하게 소진하고 거기서 오는 불안을 에너지 삼아 결국 마무리해 내는 것. 지금처럼 말이다.

작업실 책상 앞에 써둔 글이 있다.

'아무도 너에게 유려한 글솜씨를 기대하지 않아. 뭔가 기대하는 사람이 있다면 솔직함이나 재미를 원하겠지. 네가 글로 세상을 바꿀 수도 없고, 그럴 생각도 없잖아.'

내가 썼지만 끄덕끄덕. 이 글 좀 까먹지 말자.

그리고 사실 앞에 쓴 무수히 많은 '쓰고 싶지 않다' 사이에는 '엄청 잘 쓰고 싶다'도 숨어있다.

\* 『베를린 일기』 최민석 지음, 민음사

백세희

192

# 한은형

소설가. 2012년 문학동네신인상으로 등단해
2015년 한겨레문학상을 수상했다.
장편소설 『레이디 맥도날드』 『거짓말』,
소설집 『어느 긴 여름의 너구리』와
『당신은 빙하 같지만 그래서 좋다고 말하는 사람이 있어』
『오늘도 초록』 등의 산문집을 썼다.

●

뭔가 결정적인 순간 같은 것은 오지 않았는데 쓸 수밖에 없었다.

내가 그것 말고는 할 줄 아는 게 없는 사람이라 그랬다.

결국 나는 소설을 쓰기 위해 인생 최초로 인생 개조를 하기 시작한다.

# 쓰는 사람이
# 되기까지

## 쓸 수 없었다

'쓰고 싶다'라는 생각을 하면서 20년 정도를 보냈다. 20년은 내게 뼈아픈 시간이었다. '쓰고 싶다'라고 생각했지만 쓰지 않았던 시간들만큼 고통스러운 것은 없다. 여기에서 '쓰고 싶다'라고 생각한 것은 소설이다. 나는 초등학교 때부터 소설가가 되고 싶었고, 다른 일에 대해서는 생각해 보지 않았다. 과학자나 의사, 피아니스트 같은 게 되고 싶다며 다른 아이들이 장래희망에 대해 발표할 때 나는 듣고 있었다. 과학자가 되고 싶어 하는 타입과 의사가 되고 싶어 하는 타입과 피아니스트가 되고 싶어 하는 타입들을 보고 있었다. 그 아이들이 쓰는 단어와 짓는 표정에서 각자의 자아상과 욕망을 읽으며 '인간은 참 재미있구나'라고 생각했다.

글을 쓰기는 했다. 일기, 독후감, 이런저런 글짓기. 그저 했다. '그저'라고 말한 것은 '의무'였기 때문이다. 책을 좋아하고 학교에서 글을 잘 쓴다고 인정받은 아이들이 하게 되는 일들, 무슨 무슨 글쓰기 대회에 나가고 그러기는 했는데 아무런 감흥이 없었다. 기계 장치를 작동하면 톱니바퀴가 돌아가지 않나? 나는 기계에 생각이 있다고 생각하지 않는데, 내가 그랬던 것 같다. 왜 그랬을까? 즐거움이 없었기 때문이다. 일상적인 일이라 그랬다. 아침마다 세수를 하고, 밥을 먹고, 가고 싶지 않은 피아노 학원에 끌려가서 피아노를 뚱땅거리는 일들보다는 나았지만 지겹기는 마찬가지였다. 시시한 날들이었다.

나는 어른 '들'의 세계에만 관심이 있었다. 집에는 상주하는 사람이 많았고, 오고 가는 사람은 더 많았다. 어떤 날에는 도박꾼, 사업가와 은행가, 소 키우는 사람, 상이용사, 기업의 등기이사, 약사, 모두를 보기도 했다. 듣는 것은 더 많았다. 룸메이트로부터였다. 나의 룸메이트였던 증조할머니는 아는 게 많고 말도 많았다. 그리고 무례했다. 새벽마다 신문을 낭독하며 나를 깨웠다. 매일 새벽 네 시에 신문을 소리 내

읽는 그녀의 루틴을 많이 미워했는데 이제는 그녀가 낭독하지 않으면 읽을 수 없었던 세대라는 걸 알게 되었다. 그녀는 1899년생이다. 이런 모든, 내게로 흘러넘치는 일들을 글로 쓰고 싶었다. 그러자면 소설밖에 없었다. '어린이'에게 기대되는 글에는 그런 걸 담을 수가 없었으므로. 도박과 치정, 협박과 사기, 투기와 위선과 모략과 허영과 눈물을 말이다.

  소설을 쓰는 데 오래 걸렸다. 소설이란 아무나 쓰면 안 된다고 생각했다. 소설을 많이 읽고, 글을 잘 쓰고, 읽을 만한 문장을 쓴다고 해서 소설을 쓸 수 있는 건 아니라는 걸 알았다. 소설을 사랑한다고 해서 되는 일도 아니었다. 소설을 나만 사랑하나? 소설을 쓰기 위해서는 '인생'에 대한 '태도'라든가 '자세', 그것도 아니라면 '시선'이 있어야 했다. 나는 그것이 있나? 내게는 시간이 더 필요했다.

  그래서 나는… 기다렸다. 아무것도 쓰지 않고 말이다. 내가 그런 사람이 될 때까지.

  하지만

그런 시간은 오지 않았다. 나는 서른이 넘으면 소설가가 되어 있을 줄 알았는데, 소설을 쓰지 않고 소설가가 되는 법은 없었다. 그래서 썼다. 인생에 대한 태도도, 시선도, 내가 갖추고 싶은 것 중에 갖춘 건 여전히 별로 없었는데 쓰기 시작했다. 아, 이게 아닌데. 내가 생각했던 것은 이게 아닌데. 이러면서 말이다. 뭔가 결정적인 순간 같은 것은 오지 않았는데 쓸 수밖에 없었다.

내가 그것 말고는 할 줄 아는 게 없는 사람이라 그랬다. 결국 나는 소설을 쓰기 위해 인생 최초로 인생 개조를 하기 시작한다.

이 글은 쓰고 싶었지만 쓸 수 없었던 내가 쓰기 시작하면서 벌어지는 일들에 관한 이야기다.


## 쓰려는 자

누구나 쓸 수는 있지만 아무나 쓸 수는 없다. 그렇게 생각하고 있다. 나는 '누구나'로 시작해 '아무나'가 되지 않기 위해 애쓰고 있는 과정 사이에 있는 것 같다. 처음 소설이라는 걸 쓰기 시작했을 때 나를 가장 힘들게 했던 것은 내가 그토록 오래 집중해 본 적이 없다는 사실이었다. 나는 그걸 소설을 쓰는 중에 깨달았다.

그게 소설이 될지, 되지 않을지와는 관계없이 머릿속에는 소설로 쓰고 싶은 것들이 가득했는데, 그걸 그대로 옮긴다고 해서 당연히 소설이 되지 않는다. 소설을 쓰기 전의 나는 상당히 바빴다. 여섯 시 정도에 일어나서 신문과 잡지를 훑어보고, 그날에 봐야 할 영화나 전시를 무사히 모두 보고 집에 돌아오면 하루가 끝나 있었다. 틈과 틈 사이에 사람을 만나거나 차나 술도 마셔야 했기 때문에(그리고 연애도 했다) 집에 돌아오면 거의 열두 시가 가까웠다. 보고 싶은 영화와 보고 싶은 전시는 모두 봤던 시절이다. 밥을 먹는 것도 거르며 하루에 네 편의 영화를 봤던 때도 있다. 그러던 어느 날, 필립 로스의 『휴먼 스테인』을 읽다가 나는 왜 이렇게 본 게 없지 하는 생각이 들었다. 이 소설의 '그녀'는 구로사와 아키라, 타르코프스키, 펠리니, 안토니오니, 파스빈더, 뵈르트밀러, 샤티아지트 레이, 르네 클레르, 빔 벤더스, 트뤼포, 고다르, 샤브롤, 레네, 로메르, 르누아르의 모든 작품을 섭렵했다고 말하고 있기 때문이다.

반성했다. 25살에 미국 대학의 문학 교수로 임용되는 프랑스인인 '그녀'의 목소리를 들으며, 꽤나 봤다고 생각했던 나는 초라한 기분이 들었다. 어느 누구의 전작도 본 적이 없으며, 처음 들어본 이름마저 있었던 것이다. 꽤나 많은 시간을 영화와 책을 보면서 보냈는데 말이다.

나는 어떻게 하기로 했나? 더 보지 않고 덜 보기를 택했다. 하는 게 아니라 하지 않기로 말이다.

허먼 멜빌이 쓴 '필경사 바틀비' 식으로도 말할 수 있겠다. '하지 않는 편을 택하겠습니다.' 그만 보고, 그만 읽고, 나의 '일'을 시작해야 했다. 내가 되고 싶은 것은 '소설가'이지 세상의 거의 모든 것을 누구보다 많이 아는 박식한 '문학 교수'가 아니라는 것을 알아야 했다. 매주 사던 〈씨네 21〉을 더 이상 사지 않게 되었고, 흥미를 가지고 있는 이름들—영화감독이나 배우, 소설가, 조각가—을 검색하지 않으려고 했다. 매일같이 하던 것을 하지 않으려는 데 얼마나 많은 에너지가 드는지 아나?

이것들을 거의 하지 않게 되었을 때 소설을 쓰기 시작했다. 어찌 보면 당연한 일이었다. 나는 늘 뭔가를 보고 누군가를 만나기 위해 집 밖에 있었는데, 소설이란 책상에 앉아야 시작될 수 있는 것이다. 거의 앉아본 적이 없던 책상에 앉아 노트북을 열자 시작되었다. '쓰고 싶다'라고 생각했을 때부터 20년이 지나 있었지만 말이다. 나는 한글 문서를 열어 글자를 타이핑하기 시작했다.

## 완벽주의자

2012년 가을에 단편소설로 신인상을 받으면서 소설가가 되었다. 상금도 천만 원 받았다. 그리고 문학잡지에 단편소설을 한두 개씩 발표하기 시작했다. 한 편 쓸 때마다 고료를 적게는 백만 원 안 되게, 많게는 이백만 원 가까이 받았다. 천만 원은 상금이었으니 별생각이 없었는데(돈은 어떻게 사라지는지도 모르게 사라졌다), 원고료는 느낌이 달랐다.(감히 쓸 수 없겠다는 기분이 들었다.) 글을 쓰고 돈을 받게 되었구나. 프로가 되었다는 생각이 들었다.

드문드문 발표했던 단편소설들을 2015년 5월에 한 권의 소설집으로 묶어 출간했다. 단편소설을 모아 하나의 집으로 만든다고 해서 '소설집'이라고 한다는 걸 소설집을 내면서 느꼈다. 하나는 지붕, 하나는 서까래, 또 하나는 창문, 그렇게 집이 되는구나 싶었다. 첫 책이었다.

3개월 후엔가 한 권의 책을 더 냈다. 장편소설이었다. 2015년 봄에 한겨레문학상에 응모했는데 당선이 되었다. 상금 오천만 원을 받고, 장편소설도 여름에 책으로 나왔다.(현재는 상금이 삼천만 원으로 줄어들었다고 한다.)

그 장편소설은 2014년에 쓴 것을, 2015년 봄에 퇴고해 한겨레문학상을 주관하는 한겨레출판에 보낸 것이었다. 첫 장편은 아니었다. 2012년이었나, 처음 쓴 장편으로 등단을 하려고 문학잡지의 공모에 보낸 적이 있었다. 나는 상금을 많이 주는 공모에만 원고를 보냈다. 프로작가라는 자의식이 분명했고, 프로라면 글을 써서 돈 벌 수 있어야 한다고 생각했기 때문이다. 최종심에 올랐으나, 나는 안됐다. 그러고 나서 쓴 단편소설로 데뷔를 하게 되었고, 그 장편소설은 내 컴퓨터 안에 잠들어 있다.(이 장편소설을 A라고 하겠다.)

처음으로 쓴 장편소설 A 말고도 내 컴퓨터에는 써놓고 출간하지 않은 네 편의 장편소설이 더 있다. 출간한 장편소설까지 하면 다섯 편의 장편소설을 쓴 것이다.(출간한 장편소설을 B, 나머지를 C, D, E로 지칭하겠다.) '습작'은 아무것도 없다. 앞에서 썼듯이 나는 '수련형'이 아닌 '실전형'이므로, 모두 책을 출간하겠다는 목표로 소설을 쓰기 시작했다. C와 D는 한겨레문학상을 받기 전후로 쓴 것들이다. 이것들도 상금이 상당한 공모에 보냈었는데 역시 최종심에 올랐으나 다른 분이 수상자가 되었다.

그리고 E가 있다. 나는 이 소설 때문에 그동안 아무것도 할 수 없었다. 2015년에 초고를 쓰고, 2016년에 퇴고를 시작했다. 그런데 도저히 끝이 나지 않았다. 내가 이 장편만 쓴 것도 아니고, 다른 산문들도 쓰고, 산문집도 냈고, 종종 강의나 강연을 하기는 했지만 내게는 시간이 아주 많았다. 그런데 다시 E로 돌아가기까지가 힘들었고, 그 안으로 들어가기가 괴로웠다. 너무 여러 번 보니까 고친 것을 다시 고치기도 했고, 그러는 과정에서 반복되는 장면이 들어가기도 하고, 아주 엉망이었다.

가장 힘들었던 것은 E의 주인공, 그 모티프가 된 인물이 실존하는 인물이라는 점이었다. 소설의 인물에게 책임을 다해야 한다는 게 어떤 건지 처음으로 알게 되었다. 그분은 돌아가셨는데, 나는 그분에게 어떤 누나 상처, 혹은 실례가 되는 일을 하게 될까 봐 마음을 썼다. 소설을 쓴다는 일이 누구를 상처 입히려고 쓰는 건 아니지만 나를 포함해서 상처가 되는 사람이 있다면 어쩔 수 없다고, 그건 불가항력이라고 생각했는데, 이번에는 아니었다. 절대로, 절대로 그래서는 안 됐다. 그분을 생각하면 마음이 힘들었고, 그분이 여전히 제대로 놓여있지 못한 내 소설 E를 생각하면 고통스러웠다.

2010년대 초반이었던 것 같은데 그분의 이야기를 처음 들었을 때부터 심장이 막 두근거리면서 쓰지 않으면 안 될 이야기라고 생각했다. 그리고 이 이야기를 마침내 쓰게 될 때까지, 그리고 쓰는 동안에도 누가 이 이야기를 써서 먼저 책을 낼까 봐 불안해서 잠이 오지 않았다. 2015년에 쓰기 시작했을 때 도파민이라고 해야 하나? 그런 흥분 물질이 분비되어 잠을 자도 잔 것 같지 않고, 쓰면서도 심장이 계속 쿵쾅대서 몸이 망가지는 기분이 들었다. 초고를 한 달 동안 썼다. 하루에 세 시간씩. 머릿속이 하얘지면서 주인공인 그녀 생각만 하면서 썼다. 세 시간 집중하고 나면 다른 시간에는 머리가 하얘져서 아무것도 할 수 없었다.

그러고 나서가 더 문제였다. 내게는 이 소설을 어쩌지 못하고 들고 있던, 오랜 시간이 있다. 소화가 안 되고, 속이 쓰리고, 두통이 심해지는 증상들이 반복되었다. 심장 통증으로 대학병원에서 검사를 하기도 했고(검사 결과는 지극히 정상으로 나왔다), 위에 문제가 생겨서 밥을 거의 못 먹는 시간이 있었고, 다래끼가 스무 번 가까이 생겼다. 그러는 과정에서 왼쪽 눈과 오른쪽 눈의 속눈썹이 빠졌다 다시 돋아나는 과정이 반복되고 있다. 나는 이 모든 병의 근원을 안다. 내가 쓰지 않아서. 쓴 것을 끝내지 않아서. 계속해서 스스로에게 고통을 가하는 원인이 바로 나 자신인 것을 알았지만 끝낼 수 없었다.


나는 왜 이럴까? 왜 이렇게 겁을 낼까? 왜 이렇게 의지가 없을까? 자책도 많이 했다. 그러던 중 심리상담을 받게 됐다. 사실 선생님이 나를 받아주지 않을까 고민도 했었다. 문제가 없는 사람이 문제가 있다고 오는 게 보기 좋지 않을 거라고 생각했고, 이런 엄살은 참 싫어서. 그런데 나는 심리 상담실에서 울고 있었다. 바로 이런 모든 게 나의 문제라고 선

생님은 말씀하셨다. 가장 아픈 말은 이 말이었다.

"한은형 님은 완벽주의자예요. 그래서 모든 게 준비되지 않으면 시작을 할 수가 없다고 생각하는 사람이에요."

나 같은 사람이 완벽주의자라고? 말이 나오지 않았다. 그때까지 단 한 번도 스스로를 완벽주의라고 생각해 본 적이 없었다.

일단 오랫동안 방치해 두었던 나의 소설 E를 열어보는 걸로 다시 시작하라고 했다. 그러면 나아갈 수 있을 거라고.

그날 돌아와 E를 열었다. 2020년 11월이었다. 다시 쓰기 시작했다. 펼쳤다 덮었다, 아팠다 아프지 않았다 하는 시간이 반복되었다. 2021년 11월, 최종 원고 상태인 E를 출판사의 담당 편집자에게 보낼 수 있었다.

E는 2022년 3월 출간되었다. 그리고 나는 이제 아프지 않다.

# 쓰는 자

다시, 즐거운 시간이 시작되었다. 소설을 퇴고할 때의 나는 매우 고통스럽지만 새 소설을 생각하고, 구상하고, 메모하고, 그 소설을 위한 이런저런 책을 들춰보고, 마침내 소설을 쓰기 시작할 때의 나는 매우 행복하다. 내 수첩과 노트북에는 실현되지는 않았지만 얼마나 많은 무한한 가능성이 있나? 그 글은 시작되지 않았기에 어디로든 갈 수 있고, 어떻게든 뻗어 나갈 수 있다. 단, 내가 하는 거에 따라서.

이 과정의 나는 상당히 계획적이고 진취적으로 되어, 가용할 수 있는 모든 자원을 써보려고 한다. 일단 네 개의 책상과 두 개의 스탠드가 있다. 두 개의 책상은 내 방에, 다른 두 개의 책상은 거실에 있다.

먼저 두 개의 스탠드에 대해 이야기하겠다. 스탠드는 같은 회사의 같은 사양의 제품으로, 모든 게 같고 색만 다르다. 라문 아물레또. 눈에 좋은 빛으로 유명한 이 스탠드를 지인이 선물해 줬고, 쓰다 보니 좋아서 다른 색의 스탠드를 구입했다. 몸체 색만 다른 게 아니라 빛의 색도 다르다. 선물 받은 것은 몸체는 실버, 광원은 흰색에 가깝다. 내가 산 것은 투명한 노란색(불투명한 노란색도 있다) 몸체에 노란 광원이 있는 모델이다. 북향인 내 방이 을씨년스럽게 느껴지는 날, 은색 스탠드를 치우고 이 노란색 스탠드를 켠다. 그러면 방이 따뜻해진다. 그렇게 나를 다독일 힘을 불빛에서 찾기도 한다. 거실에 두 개의 책상이 있다고 해도 아무래도 진지한 작업은 방에 들어와야 시작된다. '방문을 닫는다 – 스탠드를 켠다 – 노트북을 연다' 이 과정을 거쳐야 한다.

이제 책상에 대하여. 거실에 있는 책상 하나는 식탁으로, 원형이고, 흰색이다. 밥을 먹을 때도 쓰지만 이런저런 메모를 할 때나 밤에 스탠드를 켜고 책을 볼 때 쓰기도 한다. 다른 하나는 가로가 200센티미터 정도 되는 직사각형의 마호가니 색 책상으로 책들을 쌓아놓고 오며 가며 보거나 신문을 펼쳐보는 용도로 쓴다. 다 치우고서 교정지를 펼쳐놓고 보기도 하고, 내 방에 들어가기 싫을 때는 이 책상에 노트북을 가져와 쓴다.

내 방에 있는 책상 A는 10년 전 내가 본가에서 독립해 혼자 살기 시작했을 때 원하는 디자인으로 맞춘 것이다. 오리나무로 골랐고, 가로도 길지 않고 세로도 짧다. 서랍을 만들지 않은 대신 나무를 두툼하게 아래로 내려 무릎에 닿을락

말락 하게 만들었는데 안락하고, 좋다. 책상을 맞출 당시의 나는 황금비율을 나름대로 연구해 가로세로의 길이를 정하고 아래로 덧대는 나무의 길이를 정했다. 디자인적인 요소로 만든 것인데 나무 이불을 덮는 것 같다. 책상 제작자는 이 부분을 '스커트'라고 불렀다.

그리고 방에 있는 책상 B는 스탠드 책상으로 만들어져 높이를 마음대로 조절할 수 있다. 책상 A와 B를 오가며 다른 장편을 동시에 쓰는 게 나의 목표라 이렇게 두 개의 책상을 마련해 두었다. '미치도록 열중하고 싶다. 탈진할 때까지 열중하고 또 열중하고 싶다'라는 마음으로 가져다 놓은 책상 B는 아직 제 기능을 하지 못하고 있다. 책상 A를 마주 보게 놓인 책상 B에는 나의 일을 돕는 도구들이 있다. 실질적으로 돕기도 하고, 주술적으로(?) 돕기도 한다.

책상 B에 있는 도구들은 이렇다. 30분짜리 모래시계(검은색. HAY), 아날로그형 초시계(육상 코치가 쓸 법한 모델, 카시오), 수첩(몰스킨과 악보 브랜드인 베렌라이터의 수첩)과 CD, 나무상자. 일할 때 핸드폰은 보지 않으려고 하므로 시간의 흐름은 모래시계와 초시계로 본다. 일한 시간의 총합을 알고 싶어

초시계를 누르거나, 시간의 마디를 느끼기 위하여 모래시계를 뒤집는다. 물론, 시간 가는 줄 모르고 할 때가 가장 일이 잘될 때다. 나무상자는 인덱스 카드를 보관하기 위한 용도로 나온 필드노트사 제품이다. 한창 의욕이 충만할 무렵, 인덱스 카드에 아무 단어나 써서 상자에 넣어놓고는 시간이 지난 뒤 뽑아 그 단어로 시작되는 글을 쓰려고 했었다. 2012년에 산 그 상자는 거의 열리지 않고 있다. 그때의 마음을 기억하고 싶어 눈앞에 두었다.

그리고 십 년 전부터 내가 앉았던 의자는 빨간색 천으로 된 바리에르사에서 만든 의자다. 허리를 펼 수 있게 만든 의자로, 등받이를 달 수도 있는데 달지 않아서 스툴처럼 보인다. 이 의자의 재미있는 점은 의자 안에 다리를 넣어서 몸을 앞뒤로 흔들 수 있다는 것이다. 하지만 거의 흔들지 않는다. 나는 허리를 곧게 편 채로, 견갑골을 의식하며 양쪽 가슴을 활짝 열고 글을 쓰려고 노력한다. 한창 요가를 할 때 배운 동작을 하며 쓰게 되는 것인데, 일을 많이 하지 않아서인지, 자세가 좋아서인지, 아니면 의자가 좋아서인지 허리가 아팠던 적은 없다.

내 눈에 예쁘고 좋은 것을 찾아서 오래오래 쓰는 게 나의 스타일이다. 이십 년째 입고 있는 옷도 여러 개인 걸 보면 정말 그렇다. 이 아이들도 잘 돌보며 이렇게 십 년째 쓰고 있다.


## 쓰는 마음


'내가 가장 좋아하는 나'는 새벽 다섯 시의 적막에 잠겨 일하다가 아홉 시 전에 하루치의 일을 털고 일어나 거리를 산책하는 나이다. 소설을, 특히 장편소설을 쓸 때의 나는 그럴 수 있다. 그래야 한다. 이렇게 살지 않으면 쓸 수 없기 때문이다. 하나의 흐름을 만들어놓고 그 안으로 들어간다. 들어가려고 애쓴다.

일을 할 때의 나는 경건하다. 경건해지려고 한다. 여기서 '일'이라고 하는 것은 소설 쓰기다. 그리고 20매가 넘는 분량의 산문 쓰기도 거기에 포함시켜야 할 것이다. 나는 그걸 '작업'이라거나 '예술 활동'이라고 생각하지 않는다. 그런 말에는 어떤 '느끼함'이 포함되어 있는 것 같아서다. 나는 '느끼함'을 경계하는 편이다. 느끼한 음식도, 느끼한 음성도,

느끼한 글도 좋아하지 않는다. 느끼한 음식을 먹으면 탈이 나고, 느끼한 음성은 고막에 좋지 않고, 느끼한 글은 아름답지 않다. 나와는 맞지 않는 것이다.

20매 정도가 안 되는 글들은 그냥 쓴다. 첫 문장이 나오면 후루룩 흘러서 쓰게 된다. '즉흥 연주'이거나 '손가락 운동' 같은 거다. '손가락 연주자'라고 해도 좋다. 음악이나 악상을 연주하는 게 아니라 손가락을 연주하는 것이다. 나는 앞에서 썼듯이 피아노 학원에 다니는 시간을 매우 끔찍하게 생각했는데, 『하농』을 연주하는 시간은 좋았다. 하농이 사람 이름인지 특정한 음악 교수법의 명칭인지는 여전히 모르지만 어떤 플로우를 반복하며 손가락을 움직이다 보면 나인지 몰랐던 나를 만날 수 있었다. 당시 집에는 타자기가 있었는데, 타자기의 주인인 부친은 딸이 타자기를 만지는 걸 좋아하지 않았고, 나는 『하농』을 연주하면서 타자기를 친다고 생각했던 것 같다.

계획 없이, 사심 없이 쓰는 글이므로 결론이 어떻게 날지 알 수 없을 것 같지만 이런 글은 첫 문장을 쓸 때 어떻게 끝이 날지 대략 알고 있다. 그래서 첫 문장이 다음 문장을 불러

내고, 첫 단락이 두 번째 단락을 이끄는 대로 쓰다 보면 끝이 난다. 힘을 빼는 걸 목표라면 목표로 하고 있다. 점점 그렇다.

이런 글을 쓰는 것도 좋아하지만 역시 너무 쉽다. 나는 좀 어려운 게 좋다. 어떻게 끝날지 모르는 글을 붙잡고 끙끙대는 몰두의 시간이 좋아서다. 그런 시간은 자주 오지 않는데, 가끔 그 시간을 만날 때 살아있다고 느낀다. 그리고 그렇게 잠깐 살아있기 위해서 대부분의 시간은 '그저' 살아가고 있다고 생각하게 된다. 내가 이 일을 잘하든 그렇지 못하든 그런 것과는 상관없이 이 몰두의 시간을 만날 때면 이렇게 생각하게 되는 것이다. "이것은 내 일이다. 나는 이 일을 할 때의 내가 좋다. 그리고 계속 나를 좋아하고 싶다." 그러려면 어떻게 해야 하나? 일을 해야 하고, 계속해야 하고, 제대로 해야 한다. 나를 만족시킬 수 있을 때까지.

나, 역시 '나'가 가장 문제다. 얼마 전에 했던 북토크에서 새해 목표에 대한 질문을 받은 적이 있다. 나는 이렇게 말했다. 나의 가장 큰 적은 나고, 가장 큰 지지자도 나고, 나를 죽이는 것도 나고, 나를 살리는 것도 나라서 나를 잘 돌봐야겠다고, 나를 잘 돌보면 나머지는 저절로 굴러가게 되어 있

한은형

다고.

그러면 어떻게 해야 하느냐? 산책을 하고, 하루에 20분 햇볕을 쐬고, 좋은 문장으로 된 책을 읽으면 된다고. 이렇게 멋진 말을 한 건 내가 아니고 버지니아 울프인데, 최근에 그녀가 쓴 일기 모음집인 『울프 일기』에서 읽고 힘을 얻었다고 말했다. 옆에 있던, 아마 이 책도 같이 쓰고 있는 작가 L이 웃으며 말했다. 버지니아 울프는 말만 그렇게 했지 결국 못 지키고 죽지 않았느냐고. "그러니까요"라고 나는 대답했다. 그렇다. 그녀는 자신을 돌보는 데 실패하고 주머니에 돌멩이를 넣고 강 속으로 걸어 들어갔다. 그러고는 돌아오지 못했다.

그렇다. 그러니까 이것은 마음가짐에 관한 이야기다.

쓰는 일은 결국 마음으로부터 시작된다. 강건하고 온유하고, 흔들리되 부러지지는 않는 부드러운 마음. 어느 것에도 지지 않는 신축성 있는 마음을 갖기 위해서 나는 오늘을 산다. 그리고 나를 돌보고 달래는 데 성공해서 지금 이렇게 앉아 있다.

쓰는 사람이 될 시간이다.

임 대 형

영화감독, '시나리오 쓰는 사람.
《메리 크리스마스 미스터 모》《윤희에게》를 만들었다.

●

한때 영화를 사랑했던 내 주변의 거의 모든 사람들이

이제 영화는 끝났다고 말한다.

그렇게 말하며 고소해한다. 정말 그렇게 되길 바라는 사람들 같다.

하지만 나는 아직 영화와 제대로 된 사랑을 시작하지도 못했다.

# 비극의
# 영웅

나는 가끔 아무것도 쓸 수 없다. 첫 문장을 이렇게 적어놓은 뒤로 오랫동안 정말 아무것도 쓰지 못했고, 이제 마감일을 며칠 앞두고 있다. 망설여진다. 이 원고를 전달하겠노라 약속한 것을 취소할 순 없을까. 그러기엔 역시 너무 늦어버렸을까. 나는 평생 주제 파악을 잘하지 못해 고생하면서 살았는데 왜 또 그걸 잘하지 못했을까.

내가 쓰는 글은 시나리오라는 점을 서두에 밝혀둔다. 살다 보니 시나리오를 써야만 하는 직업 비슷한 것을 갖게 되었기 때문에 이렇게 예외적인 경우를 제외하고 내가 쓰는 글은 주로 시나리오다. 직업 선택을 한참 잘못했다. 나는 창의력이 뛰어난 사람이 아니다. 쓰고 싶은 무언가를 만나기 위해 오랫동안 고심해야 하고, 가까스로 그것을 만나면 오랫동안 지켜봐야 한다. 순발력이 좋지 않아 오랫동안 써야 하고, 오랫동안 퇴고해야 한다. 그런 나에게 싫증이 나서 체질을 변화시키고자 노력해 본 적도 있지만 여간 어려운 일이 아니었다.

글을 쓸 수 없었던 긴 시간 동안 나는 중요한 아무런 일도 하지 못했다는 죄책감, 이대로라면 앞으로도 계속하지 못할 것이라는 공포감에 사로잡혀 스스로를 비난하고 저주하곤 했다. 이 지면에서마저 그러고 싶진 않다. 대신 내가 글을 쓸 수 없었던 이유가 있다면 그것이 무엇인지 파악해 나가면서 가능한 한 건설적인 시간을 보내보려고 한다. 크게 두 가지 이유로 요약해 볼 수 있을 것 같다. 사실 세상의 모든 존재와 비존재, 실재와 관념, 땅의 모든 짐승과 땅에 기는 모든 것과 하늘의 모든 새까지 전부 다 내가 글을 쓸 수 없도록 방해하는 요소가 될 수 있겠지만 말이다.

# 1. 결벽증

나는 정치, 경제, 사회, 문화적으로 떠오르는 첨예한 쟁점들에 대하여 매번 입장을 갖기 위해 노력하는 편이다. 하지만 때때로 입장을 갖지 못할 때도 있고, 그것이 부끄럽지 않다. 내가 회색분자라서가 아니라 세상에는 내가 입장을 가지고 떠들어댈 수 없는 쟁점들도 있다고 믿기 때문이다. 이런 것을 주제 파악의 기술이라고 하겠지. 주제 파악만 잘해도 조금은 선량해질 수 있다.

나는 뚜렷한 입장을 갖고 있을 때에도 주로 말하는 쪽보다 침묵하는 쪽을 선택하는 사람이다. 하나 마나 한 말을 하느니 차라리 입을 닫고 있는 편이 낫다고 생각한다. 오로지 침묵을 잘 지키는 것만으로도 소음으로 가득 찬 세계에 소음을 더 얹지 않음으로써 긍정적인 기여를 할 수 있다고 믿는다. 내가 목소리를 내고 존재를 드러내려고 노력하면 할수록 세상은 어쩐지 더 후퇴하게 될 것만 같다. 이러한 나의 망상은 언제나 목소리를 내고 싶다는 욕망보다 더 힘이 세다. 나는 어쩌면 사회공포증을 앓고 있거나 문화고유장애를 않고 있는 것일지도 모른다. 타인으로 가득 찬 이 세계에 폐를 끼치지 말아야 한다는 강박적 사고는 나로 하여금 도무지 글을 쓸 수 없게 한다. 극단적인 조심성을 가져본 적 있는 작가들 대부분이 나와 비슷한 경험을 한 적이 있을 것이다.

문학을 좋아했던 청소년기에 J. D. 샐린저, 데이비드 포스터 월리스 같은 미국의 문호들은 나의 영웅이었다. 그들은 언제나 연결보다는 고립과 단절을, 드러나기보다는 은둔하기를 선택했고, 나는 그러한 그들의 결벽이 멋있어 보였다. 나도 언젠가 그들처럼 예술가로서 크게 성공한 뒤 번잡한 도시를 벗어나 시골 한적한 곳에 집을 짓고 은둔하다가 마침내 세상에서 완전히 사라져 버리겠노라 다짐하곤 했다. 고고한 죽음의 세계에서 눅눅하고 지저분한 삶의 세계를 굽어볼 뿐 아무것도 하지 않는 신처럼, 있는 듯 없는 듯, 조용하고 무책임하게 살리라.

이제 그러한 욕망이 실현 불가능한 것이라는 것쯤은 안다. 샐린저가 바깥 세계와 통하는 문을 걸어 잠그고 자신의 세계로 침잠한 이유는, 아이러니하게도 그의 작품이 유명세를 떨치고 사회적 현상이 되었기 때문이다. 우선 샐린저처럼 살기 위해선 『호밀밭의 파수꾼』을 써야 하는데, 그게 어디 가당한 일인가. 게다가 존 레논과 케네디를 암살한 자들이 큰 영향을 받았다고 주장할 정도로 통제할 수 없는 힘을 갖게 된 자신의 작품에 대한 혐오를 죽기 전까지 해야 한다니. 나는 샐린저처럼 살 수 없다. 다른 이유를 다 차치하고, 나는 영화를 좋아한다. 그러나 모두가 아는 대로 샐린저는 영화를 좋아하지 않았다. 그는 아마 저승에서 자신의 삶을 영화화한 영화감독을 저주하고 있을지도 모른다.

나는 소설가가 아니라 영화감독이다. 영화감독은 스스로의 작품도 완벽하게 통제할 수 없다. 오히려 그렇기 때문에 영화는 아름답다. 손꼽을 수 없을 정도로 많은 사람들의 창의력과 노동력이 현장에서의 우연성, 배우라는 존재의 개별성과 부딪히고 갈등하고 협력하며 예상 밖의 결과물을 만들어낸다. 비효율적이지만 인간적이라고 할까. 나는 영화가 건축과 비슷하다고 생각한다. 이러한 예술 장르는 거의 없다.

글을 쓰기 위해선 타인을 만들어야 하고, 불가피하게 타인의 삶의 영역으로 들어가야만 한다. 아무리 그럴듯한 언어로 포장하려 한들 그것은 '침범'이라고 할 수밖에 없다. 나는 결백할 수 없는 인간이다. 내가 쓰는 글은 내 의지와 노력과는 별개로 누군가에게 위안을 줄 수도, 상처를 줄 수도 있다. 나는 그것을 통제할 수 없다. 그리고 좋은 영화 작가가 되기 위해선 자신의 흠, 치부까지 드러낼 수 있을 정도로 용감해져야 한다. 그 사실을 인정하고 받아들여야만 용기를 내어 글을 쓸 수 있을 것이다.

언젠가 내가 좋아하는 선배 감독님이 "지금까지 살아남은 사람들은 모두 어느 정도 비열해지기를 선택한 사람들"이라고 말하는 걸 들었던 적이 있다. 나는 그 말을 듣자마자 훌륭한 통찰이라고 생각했다. 그 말은 자신의 비열함을 투명하게 바라볼 줄 아는 사람만이 할 수 있는 말이었다. 자신의 비열함을 바라볼 줄 모르는 사람들은 스스로 언제나 정당하다고 믿는다. 하지만 완전무결한 삶은 없고 완전무결한 죽음도 없다. 적당한 도덕적 무질서 속에서 살아갈 수밖에 없다는 것을 받아들이는 순간 어른이 되는 게 아닐까 싶다.

**임대형**

파스칼 키냐르의『세상의 모든 아침』\* 속 '생트 콜롱브'라는 인물을 떠올려본다. 그는 뛰어난 연주 실력을 가진 음악가로서 왕의 부름을 받아 궁정음악가가 될 수 있는 기회를 얻지만 거절한다. 음악이 소중하기 때문이다. 그에게 음악이란 '말이 말할 수 없는 것을 말하기 위해 그저 거기 있는 것'이며, '언어가 버린 자들이 물 마시는 곳'이다. 그렇기 때문에 그는 자신의 연주를 세상에 들려주지 않는다. 나는 그의 이러한 비범함이 여전히 감동스럽고 존경스럽다. 하지만 의지만으로는 그 경지에 도달할 수 없음을 안다. 내가 그에게 배우고 싶은 것은 음악을 대하는 태도뿐이다. 모든 예술작품은 예술가 본인을 제외한 단 한 사람의 타인에게라도 보였을 때 비로소 힘을 얻을 수 있게 된다고 나는 믿는다.

나는 오늘도 가상의 인물들을 만들고 그들의 삶 속에 들어가기 위해 동료와 함께 작업실로 출근했다. 부디 오늘은 우리의 글쓰기 작업에 조금이라도 진전이 있기를 바란다.

## 2. 번아웃 증후군

나는 왜 한동안 글을 쓸 수 없었던 걸까. 여러 이유가 있겠지만 단 하나의 이유를 꼽아보자면, 아무래도 지쳤기 때문일 것이다. 나는 이십대 후반부터 오로지 영화를 찍기 위해 10년을 쉬지 않고 달려왔다. 사전 제작 준비 기간의 캐스팅 과정에서 무산된 프로젝트를 포함하면 총 3편의 장편영화를 준비했고, 2편의 장편영화를 완성하여 공개했다. 그러고도 무사하길 바랐다니. 사실 나는 실제로 내가 무사한 줄 알았다. 그래서 그로기 상태인 줄도 모르고 허공에 마구 주먹을 날려대다가 넉다운 된지도 모른 채 넉다운 되어버린 것이었다.

영화감독이라는 직업은 자기 고유의 개성과 자존을 지키기 위해 노력하는 멀쩡한 사람들이 가질 만한 직업이 아닌 것 같다. 굳이 멀리에서 찾지 않아도 주변에서 항우울제를 복용하는 동료 영화감독들을 쉽게 찾을 수 있다. 이 일은 누군가에겐 항우울제가 필요한 일이다. 잠이라도 잘 자야 쉴 새 없이 다가오는 몰이해와 무례를 견디기 위한 가면을 쓸 수 있는 극소량의 힘이 생기기 때문이다. 우여곡절 끝에 가까스로 완성한 결과물이 흡족할 수 있는 가능성은 몇이나 될까. 북한에서 군사 쿠데타가 일어날 확률처럼 희박하다. 결과물을 공개한 뒤 결국 남는 것은 각종 정신질환과 지독한 염세주의뿐이다. 영화가 마음에 들지 않은 관객들이 감독을 놓고 조리돌림하고 있는 현장에는 아무리 궁금하더라도 들러보지 않는 것이 좋다. 이것은 그동안 내가 경험한 진실이고, 고꾸라진 채로 일어나지 못했던 이유다. 곱씹어보니 억울하다. 죄책감을 갖지 않고 그냥 쉬었어야 했다.

일이 힘들다고 징징대는 영화감독 캐릭터만큼 상투적인 캐릭터도 없을 것이다. 거기에 몇 가지 설정들을 더해보자. 우울증, 니코틴 의존증, 알코올 의존증, 카페인 의존증을 가진 환자. 최악의 클리셰다. 그는 원래 술과 담배를 입에도 대지 않았지만 영화 일을 시작하면서 배웠고 당장은 끊을 계획이 없다. 지난밤 주제도 모르고 위스키를 스트레이트로 다섯 잔 퍼마신 그는 일어나자마자 전자담배를 피운 뒤 숙취에 시달리며 베갯잇을 세탁기에 넣는다. 그대로 놔두면 눈물로 얼룩진 그곳에서 짠 내가 날 것이기 때문이다. 빈속에 커피를 마시지 않기 위해 미리 삶아둔 계란을 꾸역꾸역 씹어 삼킨다. 커피를 마시며 출근한 작업실의 벽은 온통 새하얗다. 이곳이 작업실인지 병원인지 헷갈려 하며 모니터 속에서 깜빡이는 커서를 바라보는 그의 눈두덩이가 점점 무거워진다. 그의 환상 속에 잠시 그가 언젠가 만난 적 있는 신경정신과 선생님의 얼굴이 스쳐가고, 파란 렌즈를 끼고 다녔던 중학교 시절 친구의 얼굴이 스쳐가고, 제주도에서 귤농사를 짓고 있다는 루시드폴의 얼굴이 스쳐간다. 그는 환상에 지지 않으려고 정신을 집중하여 근처에서 노트북을 보고 있는 동료를 찾는다. 전자담배를 피우고 있는 그의 동료에게선 어쩐지 그와 비슷한 분위기가 난다.

"감독님, 왜 이렇게 졸리죠?"
동료가 미간을 찌푸리며 대답한다.

"배고파요."

쓸데없는 짓을 한 것 같다. 나는 내가 뻔하고 재미없는 인간이라는 것을 애당초 알고 있었는데 적어놓고 보니 더 그렇게 보인다. 이런 나 주제에 스스로를 포함하여 영화사 피디, 이사, 대표를 넘어 언젠가 관객의 구미까지 당길 수 있을 만큼 재미있는 글을 써내야만 한다. 그게 내가 선택한 일이다. 나는 과거의 언젠가 직업 영화감독이 되기로 했다. 지금에 이르러선 과거의 내가 왜 그런 선택을 했는지 헷갈리지만, 어쨌든 글을 쓰고 영화를 찍어서 밥을 벌어야만 한다.

나는 비극적 결함을 갖고 태어난 비극의 영웅이다. 내 앞에 있는 게 벽인 줄 알면서도 앞으로 내달릴 수밖에 없다. 곧 머리통이 벽에 부딪혀 깨져버린다 하더라도.

나에겐 독서를 하다가 밑줄을 긋고 싶은 문장을 만나면 발췌해 메모장에 적어두곤 하는 습관이 있다. 오늘 작업실에서 본능적으로 그 메모장을 열었다. 커트 보니것의 문장들을 찾아 읽고 싶었기 때문이다. 이십대였던 내가 옮겨두었을 것으로 추측되는 그의 문장들을 읽으며 입 안에 고이는 쓰고 달짝지근한 침을 삼킨다.

나에겐 아직 냉소와 염세주의의 방패가 남아있다. 촌스럽고 부서지기 쉬운 방패이지만 이따금 그 뒤로 숨고 싶을 때가 있다. 그리고 지금이 바로 그때다. 나는 아직도 머리통이 깨지지 않았다.

♦♦♦

아침에 일찍 일어나 숙취에 시달리며 남산을 올랐다. 헛구역질을 몇 번이나 했는지 모른다. 나는 소월길에서 남산타워를 향해 나있는 등산로는 모두 걸어봤다. 완만해서 걷기 좋은데 잘 알려지지 않은 마법의 지름길 코스가 혹시 있는지 알고 싶어서였다. 결국 그런 코스는 없다는 것을 깨닫고 남산체육관 맞은편의 공원을 거쳐 올라가는 코스를 선택했다. 완만한 길과 극도로 경사진 길이 고루 섞여있는 코스다. 집에서 출발하여 천천히 걷다 보면 남산타워까지 40분 정도가 소요된다. 도중에 멈춰 휴식하지 않으면 30분도 채 걸리지 않는다. 남산타워에 도착하여 먼지 낀 서울의 풍경을 내려다보며 과일 주스를 마시다 보면, 왠지 오늘은 나의 글쓰기 작업에 진전이 있을 것 같다는 미신적인 예감이 든다.

내가 이렇게 악착같이 등산을 하는 이유는 성취감을 느끼고 싶어서다. 등산은 가장 단순하게 성취감을 느낄 수 있는 운동이다. 목표 지점이 정해져 있기 때문에 힘들어도 참아내는 것이 그다지 어렵지 않다. 오전 내내 어젯밤에도 또 술을 마신 스스로에 대한 혐오감에 사로잡혀 있는 것보다는 차라리 걸으면서 몸을 한계까지 밀어붙이는 것이 낫다. 목표 지점에 도달하고 나면 나도 무언가를 해낼 수 있는 사람이라는 기분에 사로잡힐 수 있다. 비록 지금은 남산, 응봉산, 아차산, 인왕산 같은 낮고 완만한 산만 다니고 있지만, 언젠가 더 높고 험준한 산들을 거뜬히 오를 수 있는 때도 올 것이다.

작가에게 필요한 것은 천재적인 영감보다는 성실함과 꾸준함이다. 당연한 얘기 같지만 의외로 당연하지 않다. 작가에게 가장 도달하기 어려운 경지가 그것이기 때문이다. 글쓰기는 없는 근육을 만들어 유지하는 일과 같다.

누군가 나에게 가장 존경하는 작가가 누구냐고 묻는다면, 나는 두말할 나위 없이 『피너츠』의 작가 찰스 M. 슐츠라고 대답할 것이다. 미국의 상징과도 같은 만화 『피너츠』를 만든 것은 슐츠의 근육이었다. 그가 48년 동안 단 한 번의 휴재를 했을 만큼 성실했고, 심장병으로 사망하기 하루 전까지 작업을 했을 정도로 꾸준했다는 것은 『피너츠』를 좋아하는 사람이라면 알고 있을 법한 유명한 일화다. 내가 보기에 예술가의 진정성이란 그런 것이다. 그것은 부단한 인내심과 노력을 통해 만들어지는 것이다.

　나는 슐츠처럼 살 수 있을까. 물론 그렇지 못할 것이다. 그럼에도 불구하고 내가 그에게서 위로를 찾는 것은, 그에게도 우유부단하고 의기소침한 찰리 브라운의 시절이 있었다는 것이다. 그에겐 공부를 하기 싫어 소파에 앉아 텔레비전을 보기만 하는 샐리 브라운의 시절도 있었을 것이고, 지붕 위에서 망상하는 데 하루 대부분의 시간을 보내는 스누피의 시절도 있었을 것이다. 늘 심술궂고 빈정대기만 하는 애정 결핍 환자 루시 반 펠트, 엄지손가락을 빨고 다니며 담요를 손에서 놓지 못하는 의존증 환자 라이너스 반 펠트의 시절도 있었을 것이다.

◆◆◆

나는 글을 본격적으로 쓰기 시작한 때부터 불과 몇 년 전까지 10년이 넘는 세월 동안 단 한 대의 노트북만을 썼다. 이렇게 문장으로 적고 나니 그 노트북이 그리워진다. 그 노트북은 손가락을 다정하게 감싸주고 품어주는 듯한 감각의 키보드를 갖고 있었다. 나는 그 손맛에 중독되어 다른 노트북으로 바꾸지 못하다가 집착하게 돼버린 것이다. 나의 두 번째 장편영화《윤희에게》의 글을 쓸 땐 모니터에 빗금이 가 있었고 부팅을 하는 데만 30분이 걸릴 정도로 너덜너덜해진 상태였다. 하지만 나는 이미 갖고 있던 더 좋은 사양의 일체형 컴퓨터로는 도저히 글을 쓸 수가 없었다. 익숙하지 않았기 때문이다. 나의 집착은 결국 그 노트북의 목숨이 완전히 끊어져 버릴 때까지 이어졌다. 비이성적인 광기라는 것을 잘 알지만 나는 아직도 그 노트북을 버리지 못했고 계속해서 그와 비슷한 노트북을 찾아 헤매고 있다.

나에겐 초고를 쓸 때 한글과컴퓨터나 MS 워드를 사용하지 않고 메모장을 사용하는 습관이 있다. 윈도우 체제에서

든 맥 체제에서든 메모장을 사용하는 습관은 다름없다. 워드를 사용하면 왠지 걸작이 될 만한 글을 써내야 할 것 같다는 부담이 드는데, 메모장을 사용하면 신기하게도 그런 부담이 들지 않는다. 물론 나의 글쓰기 능력은 걸작이나 수작은커녕 평작에도 못 미치는 글을 쓸 수밖에 없는 능력이지만 그냥 그런 부담이 든다는 말이다. 메모장을 사용하면 글이 엉망진창으로 나오더라도 낙서하는 셈 치고 써 내려갈 수 있다. 내가 워드를 쓰는 때라곤 오로지 메모장에 다 쓴 초고를 붙여넣기하여 퇴고를 할 때뿐이다. 주변 동료들이 메모장에 글을 쓰는 나를 이상하게 여긴다는 것을 잘 알고 있지만 오랫동안 유지해온 습관을 이제 와 애써 바꿀 용의는 없다. 나는 지금 이 글도 메모장에 쓰고 있다.

집필 공간은 글을 쓰는 데 있어서 역시 중요한 요소다. 글을 쓰기 위해서는 나만의 방이 필요하다. 그곳엔 나를 제외하고 아무도 없어야 한다. 글을 쓸 때 나는 시끄러운 편이다. 등장인물들의 제각기 다른 개성에 따라 목소리를 변화시켜가면서 대사를 발화하곤 한다. A인 내가 말하고 B인 내가 대답하고 C인 내가 거드는 식이다. A와 B와 C가 성별도 연령도 다 다르다고 상상해보라. 누군가 그러한 나의 분열적인 작업의 과정을 지켜본다면 토악질을 할 것이 분명하다. 이따금씩 불가피하게 카페에 가서 작업을 할 때가 있는데, 그럴 땐 소리를 내지 않고 입모양만으로 떠든다. 신나게 떠들다가 누군가와 눈이 마주쳐 곤란했던 적이 한두 번이 아니다. 그런 사정이 있다 보니 혼자 글을 쓰는 것이 습관이 되어 이제는 누군가 옆에 있으면 한 글자도 마음 편하게 쓸 수 없는 지경에 이르고 말았다. 이 습관은 좋은 습관 같지 않아 고쳐보려고 하고 있다. 요즘엔 동료와 함께 공동작업을 하고 있는데 여간 어려운 일이 아니다.

나의 다소 비정상적으로 보이는 이러한 습관들은 다른 작가들에 비하면 평이한 수준이라고 할 수 있다. 예를 들면 대문호 존 치버는 다수의 훌륭한 작품들을 써놓고도 그 작품들을 무차별하게 비난하고 경멸하는 일기를 쓰곤 했다. 『기괴한 라디오』를 읽는 동안 너무 많이 썼다는 생각이 들었다거나, 『참담한 작별』이 너무 신중하고 소심해 보였다거나, 『치유』가 피상적인 해답으로 광기를 살펴본 데 지나지 않았다거나 하는 식으로. 그는 스스로를 괴벽스러운 사람임에

틀림없다고 하면서도 일기장에 그 짓을 정성스럽게 반복해서 했다.

＊＊＊

내가 글을 쓰기 시작한 것은 타인과 대화를 하고 싶어서였다. 이십대의 절반이 넘는 시간 동안 나는 친구라고 할 만한 존재와의 교류를 하지 못하고 살았다. 친구를 만드는 것은 나에게 가장 절박하고 중차대한 일이었고, 또 그만큼 쉽지 않은 일이었다. 밤마다 신에게 친구를 만들어달라고 기도했지만 신은 나를 독점하려고 했다.

그 시절 나는 심각한 대인공포증을 앓고 있었다. 사람들 앞에 서면 왠지 모르게 위축되었고, 위축된 존재를 들킬까 마음 졸이며 스스로를 더 찌그러트렸다. 혹시 내 앞에 있는 누구라도 나를 싫어하게 되거나 떠나게 될까 봐 마음속의 말을 입 밖으로 꺼내지 못했다. 가까스로 말을 꺼내면 핵심을 맴돌다가 입술을 경련하며 천천히 더듬기 일쑤였다. 그런 나에게 먼저 손을 내밀어 주는 사람이 있을 리 만무했다.

결국 나는 타인과 관계 맺는 것을 포기했다. 야비한 질투의 신을 버렸고 더는 기도도 하지 않았다. 그 대신 선택한 것이 영화였다. 나는 그때 만났던 영화 속 인물들과 실제로 대화를 나눴다. 그들은 기꺼이 내 말벗이 되어주었다. 그들 앞에서 나는 말을 제대로 할 수 있었다. 말을 하면서 입술을 깨물거나 경련하지도 않았다. 그것도 모자라 가상의 인물들을 만들기 시작했고, 그들과의 대화에 참여하면서 외로움을 달랬다. 언제 무너질지 모르는 허공의 누각을 건축해 나가면서 느꼈던 쾌감은 나로 하여금 신을 충분히 잊게 만들었다.

　그 후로 세월이 훌쩍 지나 나는 이 세상의 그 어떤 것도 궁극적으로 내 삶의 당위나 목적이 될 수 없다는 것을, 우주는 완전히 무의미하다는 것을 잘 아는 사람이 되었다. 이제 나는 신, 혹은 신을 대체할 수 있는 무언가를 절박하게 찾아 헤매지 않고도 잘 살 수 있다. 이따금 금단현상이 일어나기도 하지만, 그만큼 삶이 주는 충만감을 느끼는 때도 있기 때문에 괜찮다. 우주는 인간의 의미 체계와 상관없이 그저 존재할 뿐이고, 나는 그 우주의 방대하고 복잡한 우연 속에서 그저 미미하게 존재할 뿐이다. 이 사실은 나에게 놀라운 위안을 준다.

한때 영화를 사랑했던 내 주변의 거의 모든 사람들이 이제 영화는 끝났다고 말한다. 그렇게 말하며 고소해한다. 정말 그렇게 되길 바라는 사람들 같다. 하지만 나는 아직 영화와 제대로 된 사랑을 시작하지도 못했다. 공포심 때문에 영화에 매달렸던 때와는 다르게 이제 정말 영화를 영화 그 자체로 바라볼 수 있게 되었다. 나는 아직도 보지 못한 영화들이 많아서 부지런히 봐야 한다. 최소한 나에게 영화는 아직 끝나지 않은 것이다. 시네마는 자신의 마지노선을 무너뜨리면서까지도 계속해서 전진하고 있다. 나는 앞으로도 계속해서 시네마의 관객이 될 것이다.

♦♦♦

내가 유일하게 쓰고 싶어서 쓰는 글은 일기뿐이다. 쓰고 싶어서 쓰는 것도 모자라 날마다 꾸준히 쓰고 있다. 두세 문장이라도 괜찮고 몇 가지 단어만이라도 괜찮다. 어차피 타인에게 보이기 위한 글이 아니기 때문에 분량과 형식 따위는 중요하지 않다. 일기를 쓰는 데에는 복잡한 욕망이 필요하지 않다. 기억력이 나쁜 나는 더 잘 기억하기 위해 일기를 쓴다. 글을 쓰지 못했다는 것에 대한 후회와 자책, 글을 써야만 한다는 결심을 기록하기도 하고, 레드벨벳의 웬디가 영 스트리트의 DJ를 맡았다고 기록하기도 한다. 잠에서 깨어 무슨 꿈을 꿨는지 적기도 하고, 누굴 만나 어떤 대화를 나눴고 어딜 걸었는지, 뭘 먹었는지 적기도 한다. 그날 들은 음악, 그날 읽은 책, 그날 본 영화에 대한 간단한 감상을 적기도 한다.

일기 쓰기를 제외한 거의 모든 글쓰기는 결국 타인에게 나를 내비치고 표현하는 행위가 아닐까. 나는 그런 글쓰기에는 이상하게도 몰두하기가 어렵고, 쉽게 지쳐버리고 만다. 타인에게 나를 표현하고자 하는 욕망이 부족하기 때문이다. 그래서 나는 웬만하면 시나리오를 쓸 때를 대비하여 부족한 욕망을 비축해두려고 한다. 내가 예외적으로 이 청탁을 받아들인 이유는, 이 책의 지면이 쓰고 싶지 않은 마음에 대해 쓰는 것을 허락하는 거의 유일한 지면일 것이기 때문이다. 물론 쓰고 싶지 않다고 쓰는 것만큼 바보스러운 일은 많지 않을 것이다. 나 역시 그 점을 잘 알고 있다.

나를 잘 아는 내 친구는 나더러 수성 같은 사람이라고 했다. 태양과 멀어지는 밤에는 섭씨 마이너스 백육십삼 도까지 내려갔다가 태양과 가까워지는 낮에는 섭씨 사백오십 도까지 올라가는, 밤과 낮의 온도 차이가 큰 행성.

나는 청결하고 질서정연한 세계 속에서 평화와 안정을 느끼지만, 동시에 저항하고 싶고 그 세계를 파괴해 버리고 싶다. 나는 정치적 올바름의 가치를 중요시하지만, 내 곁에 항상 올바른 사람들만 두고 싶진 않다. 나는 엘리트주의를 혐오하는 동시에 몰개성적인 다수를 혐오한다. 금욕적인 청교도 정신을 거부하면서 가톨릭 사제를 매력적으로 여긴다. 나는 무신론자이자 기독교인이고, 남성이자 페미니스트다. 나는 발언하고 싶지만 입을 닫고 싶다. 쓰고 싶지만 쓰고 싶지 않다.

모순과 이율배반의 신이 스스로를 육체화한다면 아마도 내가 될 것이다. 그래서 이 글을 쓰기로 했다. 나는 이 책의

제목이 갖고 있는 모순성에 대하여 십분 공감하는 자이고,
세상엔 나 같은 사람이 많을 것이다.

* 『세상의 모든 아침』 파스칼 키냐르 씀, 류재화 옮김, 문학과지성사

임대형

# 쓰고 싶다 쓰고 싶지 않다

1판 1쇄 발행  2022년 4월 25일
1판 4쇄 발행  2022년 6월 15일

**지은이**　전고운 이석원 이다혜 이랑 박정민 김종관 백세희 한은형 임대형

**펴낸이**　정유선
**편집**　　김진희 정유선
**디자인**　송윤형
**그림**　　윤철
**마케팅**　오혜림 정유선
**제작**　　제이오

**펴낸곳**　유선사
**등록**　　제2022-000031호
**ISBN**　　979-11-978520-3-9 (03810)

**문의**　　yuseonsa_01@naver.com